光文社文庫

薫風のカノン

航空自衛隊航空中央音楽隊ノート3

福田和代

KOBUNSHA

光 文 社

もくじ

♪

薫風のカノン

航空自衛隊航空中央音楽隊ノート3

サクソフォン協奏曲

演奏者の控室に入っていく真弓《まゆみ》クンこと長澤《ながさわ》真弓空士長は、緊張のあまり手足がこわばり、マリオネットの行進のようにぎくしゃくしている。

――あーあ。だから、リラックスしなさいってあれほど言ったのに。

お正月はとっくの昔に明け、あっという間に一月も三分の二を終えようとしている。小寒《しょうかん》を過ぎたあたりから急激に寒くなった。

鳴瀬佳音《なるせかのん》三等空曹は、階段の下から遠目に真弓クンの様子を観察し、ため息とともに首を振った。後輩ができて、少しは落ち着きが出てきたと思ったが、極度のあがり症は治らない。近ごろようやく、コンサートの前に胃炎を起こす癖はなくなったが、ここ一番に弱い性格は、真弓クン最大の泣きどころだ。

――そう、今日のようなイベントでは特に。

立川分屯《たちかわぶんとん》基地内にある航空自衛隊航空中央音楽隊の庁舎では、今日と明日の二日間にわたり、今年最初の「競技会」が行われる。

航空自衛隊では、戦技の向上を目的とし、職種に応じて戦技を競い合う「戦技競技会」が行われ、結果を評価される。

同様に音楽隊では、年に一回、競技会を開催し、外部からも審査員を招いて評価を受け、演奏技術の向上に努めているのだ。優秀賞を受賞した隊員の表彰状は、一年間、庁舎の壁に掲示される。年度によって、対象となる楽器が金管と木管に分かれており、今年は佳音たち木管担当と真弓クンたち打楽器担当の競技が行われる番だった。

庁舎の一階にある、ふだんは合同練習やCDの録音などに利用される合奏場が競技会の会場だ。そばにある録音ブースを、順番待ちの隊員の控室としている。

「真弓クン、調子悪そうだね」

いつの間にか、同期の吉川《よしかわ》美樹《みき》三等空曹がそばに来ており、佳音の肩越しに真弓クンの消えた控室を見守っていた。姐御肌《あねごはだ》の美樹は、ふだん厳しい説教を垂れながらも何かと世話を焼いているので、真弓クンも実の姉のように慕っている。

「あの性格、損だよねえ」

「あのねえ、佳音。あんただって昔は、真弓クンと変わらなかったよ。近ごろじゃ、のべつまくなしにノホホンとしてるけどさあ」

美樹が呆《あき》れたような顔をする。

「そういう美樹は、心臓強いからいいよね」

「なに言ってんのよ！　こっちはノミの心臓を必死で鍛えあげて、ここまで持ってきたの。ぼんやりのんびり生きてきたのに、いつの間にか鋼鉄のハートを手に入れていたあんたと、一緒にしないでくれる？」

ぎりぎりと歯ぎしりしながら、コブラとマングースのように睨《にら》みあっていると、「わああい！」と派手な歓声をあげて背中から飛びついてきたやつがいた。

「鳴瀬三曹だあ！」

——肩が重い。

「ちょっと、放しなさい！」

振り返ると、佳音よりずっと背の高い青年が、にこにこしながら立っていた。

——松尾光《まつおひかる》め。

松尾が離れたので、どうにか体勢を立て直す。先輩にここまでなれなれしい態度をとるやつは、こいつしかいない。

「あいかわらず、仲がいいですね！」

「あのね、松尾君。突然現れて、子どもみたいにはしゃぐのはよしなさい！　大人なんだから！」

松尾光一等空士は、南西航空音楽隊に勤務する、新人のファゴット奏者だ。さらさらの髪と、どうかした拍子に宝石のようにきらめく大きな瞳を持つ、今どきの若者だった。

航空中央音楽隊のメンバーは全員が競技会に出場するが、四つある方面音楽隊からは、各方面音楽隊長の推薦による参加となる。北部航空音楽隊は青森県の三沢《みさわ》、中部航空音楽隊は静岡県の浜松《はままつ》、西部航空音楽隊は福岡県の春日《かすが》、そして南西航空音楽隊は沖縄県の那覇《なは》から、はるばるやってくるのだ。

沖縄では松尾のほかにも、清水絵里《しみずえり》空士長という若手に出会ったのだが、彼女はトランペット奏者なので、今日は来ていない。

「鳴瀬三曹の演奏順だと、明日ですか？」

「そう。美樹も私も、明日の午後」

「松尾君、自分から手を挙げて、出たいって言ったんですって？」

美樹が、頭ひとつ分高いところにある松尾の顔を仰ぎながら尋ねた。

「はい！　競技会は初めてなので楽しみです。緊張するのって、快感ですよね！」

松尾がにこにこして目を輝かせる。

「また、おかしな具合に胆《きも》の据《す》わったのが入ってきたよ」

美樹が呆れたように呟《つぶや》いた。近ごろ音楽隊に入るのは音大出身者が多く、演奏会や発表会などの数もこなしており、慣れている。

技術が上がれば、舞台に立っても緊張しなくなると思われがちなのだが、そういうわけでもない。緊張感には少しずつ慣れるし、回数を重ねると自分の落ち着かせ方もわかってくるが、技術が上がれば上がったなりに、もっと上のレベルを目指したくなる。今の自分の演奏能力に上限があるとして、それを超えたところに目標を置く。失敗するかもしれないという恐れが、新たな緊張を呼ぶ。

入隊して二年くらいの間は、佳音もステージに立つと膝が笑った。聴衆はみんなカボチャだと思えとか、ステージに出る前に手のひらに「人」と書いて、呑《の》むまねをしろとか、いろんなおまじないを教えられて実行したが、どれひとつ効果はなかった。幕が開くと今でも緊張はするけれど、足が震えて指が動かなくなるほどではなくなったのは、練習して練習して、これ以上もうやるべきことは何もないと自信を持って言えるほど、練習してきたからだ。

それでも、真弓クンの気持ちもよくわかる。ふだん自分たちは合奏の形で演奏することが多い。ソロで丸ごと一曲となると、なにしろごまかしが全然きかないし——いや、もちろん合奏だからごまかしているというわけではないけれども。

「音楽隊の内部でも、やっぱりコンクールみたいな場があるんですね」

「松尾君は、コンクールとか好きそうだよね」

「わかります？」

松尾の返事はあっけらかんとしていた。

――不遜《ふそん》なやつだ。

競技会の結果は、人事評価にも少しは関係するが、何よりも、いろんな面で現在の自分の全体像が見えてくる。技術的な問題点、メンタル面における問題点、音楽隊の中での自分の立ち位置――これから自分はどの方向を目指していくべきか。

「松尾君みたいに、方面の音楽隊にいる若手の場合、競技会の結果次第で中央音楽隊に引き抜かれる可能性もあるかもよ」

美樹がよけいな知恵をつけている。

「ほんとですか？　そしたら鳴瀬先輩と一緒に働けますね！」

松尾が目を輝かせた。

――おいおいおい。

この若者は、冗談がきつい。

「あっ、次、長澤士長ですよ！」

松尾の声に顔を上げると、ちょうど真弓クンが合奏場に入っていくところだった。

「どうする、聴きにいく？」

日常業務に差し支えのない範囲で、他の隊員の演奏を聴くのも勉強になる。

「よし、行ってみよう」

鶴のひと声ならぬ美樹のひと声で、彼ら三人は会場に向かった。中では真弓クンの前の発表者である、バリトンサックスの斉藤《さいとう》三等空曹の演奏が始まっている。物音をたてないよう、そうっと扉を開いて室内に滑りこんだ。

広々とした会場の奥にはグランドピアノが設置され、今まさに斉藤が、ピアノ伴奏にのせて、イタリアの作曲家ヴィットリオ・モンティの『チャールダッシュ』にとりかかったばかりだった。元々はマンドリンのために作曲されたものだそうで、バイオリンやチェロのために編曲された楽譜もよく見かけるが、管楽器で演奏するとぐっと難度が高くなる。課題曲の中から、この曲を選んだということは、難敵に挑戦したい気分だったのに違いない。トレードマークのタンポポの綿毛みたいな髪を振り立てて、夢中で曲をねじ伏せようとしている。

出入り口の近くに次の演奏者が待機する席があり、真弓クンがかしこまって座っていた。

――あーあ、肩がガチガチだよ。

（真弓クン、リラックス、リラックス）

佳音が身振りと表情で「肩の力を抜け」と伝えようとしても、緊張のあまりからかこちらを見ようともしない。いつも以上のあがり方だ。

——あそこまで硬くならなくてもいいのに。

聴衆席にはパイプ椅子をずらりと並べ、発表者以外の隊員たちが何人か腰かけて、斉藤の演奏に耳を傾けている。聴衆席と演奏者の間には、長机を並べた審査員席が設けられ、隊長のほか、外部から招聘《しょうへい》した審査員らが、時おりメモを取っている。今年は陸上自衛隊の音楽隊の演奏科長のほか、都内にある著名な交響楽団のオーボエ、ティンパニー奏者らも並んでいた。

——こういう空気、久々だな。

佳音は足音を忍ばせ、パイプ椅子にそっと腰を下ろした。みんな咳払《せきばら》いひとつせず、斉藤の演奏に耳を澄ましている。長くこの場にいるだけで、肩が凝りそうだ。

斉藤がラストのフォルティッシモを力強く吹き終え、会心の笑みを浮かべて深々と頭を下げると、佳音は熱心に拍手を送った。

——さあ、真弓クン、がんばって！

心の中で応援しながら、待機者席を立つ真弓クンを見守った。ピアノ伴奏は、外部のプロに依頼している。競技会は二日間にわたり、伴奏はぶっ続けになるので、複数の奏者が交代しながらの演奏だ。

打楽器の真弓クンが向かった先には、シロフォンが二台置かれている。彼女はこわばった表情のままそちらに近づこうとして、ふとまつげを上げて審査員席を見やり、何かに驚いたような表情になった。そして――激しくつまずいた。

「うわあっ！」

叫び声と派手な騒音とともに、シロフォンにダイブしていく真弓クンの姿に、佳音たちは凍り付き、目を覆った。

――ああ、もう見ちゃいられない。

そそっかしい後輩を持つと、胃に悪い。お前が言うなと、美樹に指摘されそうだが。

やるせないため息が漏《も》れた。

「で、長澤のやつはどこに行った？」

偉そうに腕組みして、二階の合同練習室のパイプ椅子にふんぞり返っているのは、渡会《わたらい》俊彦《としひこ》三等空曹だ。

――そう。どうしたことか、南西航空音楽隊からは、渡会まで参加している。

「あんたねえ。去年の春に沖縄に行ったばかりじゃないの。もう古巣が恋しくなって、競技会に参加したわけ？　それとも――」

美樹が意味ありげに首をかしげると、渡会が慌てたように「わああ！」と叫んで立ち上がり、彼女の口を手のひらでふさごうとした。

「冗・談・よ」

美樹のブリザードな口調が怖い。

――けど、こう見えてじゃれてるんだよね、このふたり。

佳音は、彼らに生温い視線を注いだ。全員参加が義務づけられている航空中央音楽隊と違って、方面の音楽隊からは、若手が参加するのが一般的だ。渡会はもう立派な中堅だし、競技会の経験も豊富なので、無理して来ることもないと思うのだが。

「俺は松尾たちのお目付け役だ。若い連中を頼むって、川村《かわむら》隊長にも頼まれたんだからな」

渡会は、鼻息荒く言葉を継いだ。南西航空音楽隊の川村隊長は、以前、航空中央音楽隊にいたこともあり、佳音が沖縄に行った時にも、ずいぶん世話になったものだ。

「なにがお目付け役よ、必要ある？　松尾君なんて、去年の六月まで立川にいたじゃない」

「いいだろ、別に」

　佳音の攻撃に渡会がむくれた。そばで聞いていた松尾が笑っている。

「見てろ、お前なんかに負けないからな。今年こそ、優秀賞を取ってやる」

「こっちのセリフよ」

　佳音はフフンと笑った。なにかとできそこない扱いされる佳音だが、競技会では何度か優秀賞を取ったことがある。甘やかしてはいけないタイプだと思われているのか、あまり誉《ほ》めてもらった記憶はないのだが。

　ちなみに、課題曲から佳音が選んだのは、ポール・クレストンの『サクソフォン協奏曲』、第二楽章と第三楽章だった。「瞑想的な」というタイトルを持つ第二楽章と、「リズミカルな」という第三楽章の違いが際立っている。クレストンはイタリア系米国人の作曲家で、『サクソフォン・ソナタ十九番』という作品が、クラシックのサックス奏者にはおなじみの曲だ。渡会も同じ曲を選んでいるせいか、佳音に敵愾心《てきがいしん》を燃やしているようだ。

　松尾がにこにこしながら、首をかしげた。

「渡会三曹、あんなに落ち込んでいたのに、こっちに戻るとすっかり本領発揮ですね」

「や、やかましいわ！」

　渡会がなぜか真っ赤になった。

「今年の渡会三曹を、甘く見ないほうがいいですよ。沖縄でも、寝食を忘れて課題曲に打ちこんでましたからね。この渡会三曹が、練習のためにお昼を抜いたことがあるくらいなんですよ！」

松尾がおおげさに目を丸くして言い、渡会に「失礼な、いいかげんにしろ！」と怒鳴られた。なかなかいいコンビのようだ。しかし、渡会がお昼を抜くなんて、天変地異の前触れでなければいいのだが。

あれから、シロフォンを床になぎ倒した真弓クンは、駆け付けた仲間に手伝ってもらって、どうにか楽器を立て直し、数分遅れで課題曲の演奏を開始した。とはいえ極度の緊張で手は震え、曲はあちこち間違えるし、正直ひどいできばえだった。

曲が終わるころには平静を取り戻したようだったが、心配で付き添って会場を出た佳音たちに、もう大丈夫だからと青い顔をして断り、一階にある彼女の各個練磨室に入った後、誰も真弓クンの姿を見ていないのだった。

会場では、まだ競技会が続いているはずだが、佳音たちはいったん引き揚げてきた。彼らは全員、明日の演奏順になっている。

「だいたい、あんなところにつまずくようなもの、なかったよね」

美樹が憮然《ぶぜん》として言いだす。

「うーん、足がもつれたように見えたよ。何かにびっくりした拍子に」

「審査員席を見て、驚いたように見えたんだけど」

そうだ、たしかに美樹の観察が正しい。真弓クンは、審査員席を見たとたん、身体のコントロールがきかなくなったみたいに、足がもつれて転倒したのだ。

「やっぱり、様子を見に行ったほうがいいんじゃない？」

佳音が言うと、美樹も「うーん」と唸《うな》りながら首をかしげる。

「こんな時に、あまり甘やかしてもねえ。でも、念のためにちょっとだけ様子を見ておこうか。各個練磨室の外から、声をかけずに中の様子を窺《うかが》うだけ」

渡会が合同練習室に残って練習するというので、佳音と美樹はそろって部屋を出た。なぜか松尾がついてくる。部屋を離れて階段を下りはじめたとたん、彼は笑いだした。

「それで、沖縄での渡会の様子は？」

美樹がさっそく探りを入れている。松尾は輝く笑顔を向けた。

「それがもう、去年の夏以降、魂が抜けたような状態がしばらく続いたんですよ。だから、僕たち後輩が隊長に相談して、競技会に出るよう渡会三曹を説得したんです」

「あんたたちもたいへんね」

沖縄の事情を熟知しているかのように、美樹が松尾をねぎらった。

「だいたいさ、そんなに立川が懐かしいなら、異動の希望なんて出さなきゃいいじゃない」

佳音は呆れて口を挟んだ。去年の春に渡会が南西航空音楽隊に異動したのは、本人の希望によると聞いている。行きたいというのだから、放っておけばいいのだ。夏に佳音が業務支援で沖縄に行った時も元気そうだったし、松尾はおおげさすぎるんじゃないか。

「いいから、あんたは黙ってなさい」

美樹がこちらに白い目を向け、松尾がまた悪戯《いたずら》っぽい目つきで大笑いした。このふたり、なぜか息が合っている。

一階に下りて、真弓クンの各個練磨室の前まで行くと、小窓から中を覗《のぞ》いた。

「どう、いる?」

「うーん、いないみたいだけど」

美樹がしばし沈思黙考《ちんしもっこう》すると、ノックもせずにいきなりドアを開いた。さすがは美樹、問答無用の押しの強さだ。

内部には真弓クンも、相棒のムロさんこと、もうひとりの打楽器担当、室郁子《むろいくこ》空士長もいない。室内はひんやりしていて、しばらく誰かが入った気配すらない。

「まさか競技会の会場に戻ったりしてないよね。それとも事務室かな? 松尾君、ちょっと競技会のほうを見てきてくれる？　佳音、給湯室と女子トイレも見てきて」

美樹がてきぱき指示を出し、自分は二階の事務室に駆け上がっていった。競技会でひどい失敗をやらかした真弓クンの憔悴《しょうすい》ぶりを見て、心配になったのだろう。

大酒飲みで、男の子みたいな言葉遣いをする、活発な真弓クンのことだ。平気な顔をして、すぐにそのへんから姿を現すに違いない。

そうは思うものの、佳音も一階、二階の女子トイレを見に走った。一階、誰もいない。個室もひとつずつ覗いてみる。二階のトイレには、トロンボーンの土肥《どひ》空士長がいた。

「真弓クンですか？　見てないですよ」

彼女も首を振った。事務室に行ってみると、美樹が出てくるところだ。

「事務室にもいない」

一階の競技会会場を確認してきた松尾が階段を駆け上がってきた。

「会場にもいませんでした」

――どこに行ったんだろう。

佳音たちは互いに顔を見合わせた。

「そうだ、携帯！」

美樹がポケットからスマホを取り出し、真弓クンに電話したが、電源が入っていないらしいと表情を曇らせた。

「内務班に戻ったのかな。部屋で泣いてたりしてさ」

――あるいは。

「ね、ねえ、美樹。まさか、失態を悔やむあまり、失踪《しっそう》――とか」

本当はもっと怖い想像もしていたのだが、不幸を呼び込むような気がして、あえて口にはしなかった。

「冗談やめて！　居場所を見つけないと」

「大丈夫、僕の目には何も見えませんから、長澤先輩はまだ無事ですよ」

そのセリフは、松尾の口からごく自然に出たのだが、佳音は意味を察して凍りつき、美樹は意味が理解できずにやはり凍りついた。

「それって――どういうこと？」

実は、松尾の自己申告によれば、彼は「視《み》える」人らしいのだ。

――視える。そう、死んだ人々の亡霊が。

「わあああ！　いいから美樹、私たちだけで抱え込んでいちゃだめだよ。早く誰かに相談しよう！」

松尾がとんでもないことを言いだす前に、佳音は慌ててさえぎった。

「あら、大人になったわね、佳音」

美樹が皮肉な笑顔を見せる。

そりゃそうだ。楽譜が消えたりバスが消えたり、ダルマがすり替えられていたり——あれだけ不思議な事件に何度も遭遇して、そのたびに右往左往させられた身としては、手に余るできごとは、さっさと誰かに丸投げするに限るというのが基本路線だ。

「だけど、誰に相談する？」

隊長と副隊長は、競技会の会場にいる。

佳音の元「王子様」こと諸鹿佑樹《もろがゆうき》三等空尉は、どうやら春の異動で青森県の三沢基地に行くことになりそうだ。これも本人の希望だった。もともと諸鹿三尉は東北の出身で、新婚ほやほやの奥さんも東北の人らしい。できれば実家の近くで子どもを産んで育てたい——というのが奥さんの希望だったらしいから、願いがかなったことを喜ばねばならない。

そんなわけで、諸鹿三尉はまだ航空中央音楽隊の所属なのだが、こちらにいる間にいくつか研修を受けなければいけないとかで、今日は立川にいないのだった。

「五反田《ごたんだ》さん、かなあ」

広報担当の五反田二等空尉は、昨年の夏に前担当の鷲尾《わしお》二尉と入れ替わりに着任して、もうすぐ半年になるのだが、いまだに性格がよくつかめない人だった。いつもにこにこしているし、怒りっぽくもないし、むしろちょっと部下に甘いくらいなのだが。音楽隊出身の幹部ではないので、楽器を弾いているところを見たことがないからかもしれない。楽器を持ってステージに上がると、意外と性格がわかったりするものだ。

美樹が五反田は事務室にいたと言うので、彼らは事務室に引き返した。

「あれえ、みんなどうしたの」

机に向かい、電話をかけていた五反田二尉が、ぞろぞろ入ってきた彼らを見て、目を丸くした。

背は高くないが、引き締まった身体つきで、姿勢がいいから立ち姿は見栄《みば》えがする。髪はきれいに剃《そ》りあげていて、顔立ちは童顔で目がぱっちりしている。なんとなく誰かを思い出させる容貌なのだが、のど元まで出かかっているその名前が、なかなか出てこない——。

「あっ、思い出した。一休《いっきゅう》さんだ！」

佳音は我知らず叫び、美樹と松尾を凍りつかせた。そう、五反田二尉に墨染《すみぞめ》の衣《ころも》を着せたら、どこから見ても、ちょっと育ちすぎた一休さんではないか。

五反田が吹き出した。

「なにそれ、僕のこと？」

「誰かに似てるなあと思ったんですよ！」

よしなさい、と美樹が慌てて制止するのが目の隅に入ったが、時すでに遅しだ。

「一休さんかあ」

五反田がつるりと自分の坊主頭を撫《な》でる。

「それはまた、光栄だなあ」

人の好《よ》さそうな、はにかんだ笑顔に、ほっとした様子の美樹が、これ以上時間を無駄にしてはいけないと思ったのか、真弓クンの行方が知れないと説明を始めた。

「――というわけで、庁舎の中で、彼女が行きそうな場所をざっと捜した限りでは、どこにもいなかったんです」

「三階は男性の内務班だしねえ」

五反田がのどかに言った。

「僕も協力するから、もう一度捜してみよう。誰か、女性の内務班に帰ってないか、確認してきてくれる？　屋上はもう捜してみた？」

「屋上ですか？」

「僕も、高校時代よく校舎の屋上でサボったよ。高いところって、気分がいいんだよねえ」

——それは思いつかなかった。

「すぐ見てきます」

美樹が事務室を飛び出したので、佳音も後を追った。美樹ときたら、表に見せているよりずっと、真弓クンを心配しているのに違いない。先輩になるのもたいへんだ。後輩を甘やかしてはいけないし、どこに出しても恥ずかしくないように育てなければいけないし、そうは言うものの、やっぱり心配なのだ。

階段を駆け上がり、屋上に出る扉を開くと、美樹が「あーっ」と叫び声をあげた。

「いた！」

フェンスにもたれる真弓クンがいた。

——どうして思いつかなかったんだろう。

当直室の毛布やシーツを洗濯した後、屋上で干したりもするのに。ここに来てまだ半年の五反田が、先に気づくなんて。

「真弓クン！」

どたばたと彼女に近づいていく。

「何やってんのよ！」

振り向いた真弓クンは、度肝を抜かれた表情で、屋上に飛び出してきた佳音たちを眺めた。なにしろ血相を変えた美樹に松尾、五反田二尉までいる。

「ど、どうしたんですか、皆さん――」

「どうしたじゃないわよ！　携帯にかけてもつながらないし、心配するじゃないの！」

美樹が一喝すると、「まあまあ」と五反田が和《なご》やかに割って入った。

「何事もなくて、良かったじゃない。長澤さんが各個練磨室にいなかったから、みんな心配して捜していたんだよ。競技会の直後だし」

ハッとした真弓クンが、ポケットに手を伸ばし、スマホを取り出して額を叩《たた》いた。

「あちゃあ！　電池、切れてた！」

――切れてた、じゃない！

「こんなところで何やってたのよ」

競技会の失敗は悲惨を通り越していたが、あれしきのこと、立ち直れないようでは困る。内輪の競技会だし、もっとメンタル面を鍛えてもらわなくては。真弓クンだってこれからどんどん後輩が増えて、指導する立場になっていくのだ。

――ま、安西《あんざい》夫人――じゃなかった、狩野《かのう》夫人あたりが聞いたら、「鳴瀬さんも言うようになったことね、自分の立場を忘れて」くらいの皮肉は言われるだろうけど。

「はい、まあ――いろいろ考えてたんっス」

真弓クンが、視線をコンクリートの床に這《は》わせた。いつも元気な彼女にしては、心持ち顔色が冴《さ》えないようだ。

佳音は美樹と顔を見合わせた。

「考えてたって、何を——？」

「あの、僕はそろそろ事務室に戻るから——」

五反田二尉が気を遣って、さりげなく席をはずそうとしてくれている。そちらに、真弓クンが首を振った。

「いいえ、もしよければ五反田二尉も聞いてください。ひとつお尋ねしてもいいでしょうか」

「な、何を——」

五反田が気圧《けお》されたようにのけ反ったほど、真弓クンの表情は真剣だった。

「今日来られている審査員の皆さんは、本物ですか？」

「はあっ？」

頓狂《とんきょう》な声を上げたのは、佳音たちだ。

——審査員が本物かとは、どういう意味だ。

「えーと、そうだね、もちろん本物だと思うけど——ていうか、本物ってどういう意味？

あの中の誰かが、別人ではないかと疑ってる？」

五反田が困惑気味に、首をかしげている。

「具体的に言うと、向陽《こうよう》交響楽団のティンパニー奏者、神楽良知《かぐらよしとも》さんって、本当にあの方なんっスか？」

真弓クンの問いに、五反田は目を丸くした。

「そりゃ――僕自身が向陽交響楽団に挨拶に行って、今回の審査員の件をお願いしてきたから、間違いないですよ。先方から紹介を受けたんだから」

「――間違いないんですか」

佳音の目には、真弓クンががっくりと肩を落としたように見えた。まるで、先ほどの演奏で大失敗したことよりも、審査員が思っていた人と違ったことのほうが、彼女にとってずっと大きな問題だったかのように。

向陽交響楽団は、東京に本拠地を置くわが国有数の交響楽団のひとつだ。とはいえ、テレビ出演などは少なく、ＣＤはたくさん出ているがＤＶＤはない。つまり、楽団員ひとりひとりの顔は、それほど露出していない。

佳音はふと思い出した。

「そういえばさ。さっき競技会の会場で、審査員席を見て、びっくりしたような顔をしたよね」

「そうそう、その直後に転んだのよ、この子。あの時から、何か変だと思ったよね」

美樹が容赦なく続ける。真弓クンは、自分のドジについてはかすかに顔を赤らめただけで、あまり気にした様子もない。

「その件については、あとで説明します。でも、ちょっと待ってください。もうすぐ四時ですよね。審査員の人たちが帰ってしまう前に、もう一度、神楽さんの顔を間近で見て、ちゃんと確かめておきたいんです」

真剣な表情だった。

「今晩、必ず事情をお話ししますから。夕食の後、基地内クラブでお会いできませんか。できれば五反田二尉も」

佳音は美樹と顔を見合わせた。五反田は、ぽかんとしている。なにしろ、彼はまだ航空中央音楽隊に来てから、〈事件〉に巻き込まれた経験がない。

――やれやれ。

もう絶対に、おかしな事件には関わらないようにしようと肝に銘じていたのに、この様子では、さっそく妙な展開に投げ込まれてしまったようだ。

「私、音大に入ってすぐ、やっぱり自分はプロには向いてないから、音楽やめようかと思ったことがありまして」

席について、ビールで乾杯をするなり、真弓クンがいきなり衝撃の告白を始めた。まだ緊張しているせいか、真弓クンの言葉から「っス」といういつものふざけたヤンキーっぽい口調が抜けてしまっている。

「ま、まあ、ちょっと待って。まずは料理も注文しなくちゃ」

美樹が急いでとりなし、「すいませーん」と声を張り上げて従業員を呼んだ。

自衛隊の基地には、基地内クラブと呼ばれる施設がある。早い話が普通の居酒屋だったりするのだが、基地の内部で飲酒しても許されるのは、基地内クラブの中だけだ。他の場所は、たとえ個人が寝泊まりする内務班であろうとも、飲酒は禁止されている。

夕食は全員すませた後だったので、飲み物のほかに軽いおつまみを頼むだけにした。そういうことは、美樹に任せておけば完璧だ。真弓クンに指名された五反田二尉、松尾光も神妙に顔をそろえている。

――そしてなぜか、渡会まで。

渡会は佳音の正面に腰を下ろし、そわそわしていた。テーブルに置かれたおしぼりをあちこち動かしていたかと思うと、手を拭いた後は顔をごしごしとこすりはじめた。

「何やってんのよ、渡会。もう、おじさんくさいなあ」

「いいだろうが、べつに」

松尾が佳音の隣で、腹を抱えて笑いころげている。渡会は不機嫌そうにそちらを睨んだ。周囲の客は、みんな自衛隊の関係者だ。

枝豆やだし巻き卵、なすの浅漬けなどがテーブルに並ぶと、美樹がビールのジョッキを握り、ずいと真弓クンに向き直った。

「――で？」

「――はい」

「音楽やめようかと思ったけど、やめなかったんだよね。こうして音楽隊に来てるんだから」

音楽隊は、各地の芸大、音大出身者にとっても狭き門だ。真弓クンがうなずき、複雑な表情をした。

「その時、あきらめずにがんばってみたらと親切に声をかけてくれたのが、神楽良知さん――いえ、私が今日まで、そうだとばかり信じていた人だったんです」

高校時代は普通科だったので、一年浪人して音大受験のための予備校に入り、ピアノに音楽理論、ソルフェージュに実技と、ずいぶん苦労して勉強したものだ。どうにか音大に入学したものの、周囲を見回すと、みんな自分より遥《はる》かに技術も知識も備えているように見えて、自分なんかがこんな場所にいてもいいのかと悩むようになった。

――誰でも一度くらいは通る道だよね。

音楽が大好きだが、プロの道を歩まなかった音楽一家に育ったせいか、佳音自身はそこまで悩んだ経験はない。音楽は楽しんでこそ。だから、周囲との実力差を感じたとしても、たとえプロになれなくとも、自分が心ゆくまで演奏を続けることができるのなら――と考えて、あまり気にならなかったのだ。しかし、真弓クンは真剣に悩んだらしい。

音大に通っていたころ、彼女はCDショップでアルバイトをしていた。その日は、近所で人気ヴィジュアル系バンドのコンサートがあって、関連するCDを売り場に出してPOPをつけるなど、勤務時間の開始から多忙だった。『ESMax《エスマックス》』というバンドで、真弓クンも大ファンだったそうだが、メンバー全員が顔を真っ白に塗って、米国のロックバンド、キッスみたいなメイクをしていたらしい。真弓クンは、雑誌から彼らの顔写真を切り抜いて、店内にべたべた貼っていたそうだ。そんな仕事の合間に、バイト先の店長に、音大をやめようかと思う、という愚痴を聞いてもらっていたら、レジに近づいてきた男性客が会話に割り込んできた。

（――突然、失礼なことを言ってすみません。つい、聞こえてしまったから）

年齢は三十代前半くらい、長身で華奢《きやしや》な男性だった。洒落《しやれ》たレンガ色のジャケットにジーンズを穿《は》いて、スポーティなボディーバッグを肩に掛けていた。

（音楽、やめないほうがいいですよ。これ、書いたのあなたじゃないですか）

男性が売り場に取りに戻ったのは、真弓クンが棚に貼りつけたばかりのPOPだった。アルバイトながら、店長の許可を得て、好きなアルバムのジャケットに、付箋や画用紙を使って推薦コメントをつけていたのだ。漫画も好きだったし、よく読んでいたから、POPには必ず小さなイラストやカットもつけた。

しかし、所詮はつい一年半くらい前まで高校生だった、音大一年生のコメントだ。

――バリバリ煩悩《ぼんのう》全開、魂が震えるッッ！　この一枚ッ！

――天才が天才を迎え撃つ！　音大出身ギターvs.ドラム、ガチンコ対決を心して聴くべし！

などなど、今から思えば「なんじゃそら」と自分でも顔が赤らむくらい恥ずかしいコメントを書きまくっていたらしい。

「ちょっと待った。あんた、いったいどんな音楽を聴いてたのさ」

美樹が眉間《みけん》にうっすら皺《しわ》を寄せて尋ねた。たぶん、ひっかかったのは「バリバリ煩悩全開」あたりだろう。真弓クンが拳《こぶし》を握る。

「い、いいじゃないっスか！　ロックもフュージョンもクラシックもアニメ音楽も、みんな音楽っスよ！　音楽サイコーっスよ！」

——真弓クンは、いわゆるオタクでもある。

何も言うまい、という顔で美樹が口を閉ざす。不思議なのはその男性客だ。

「ねえ、だけど、そのお店で働いてたのは真弓クンひとりじゃなかったんでしょ。どうして、そのPOPを書いたのが真弓クンだって、すぐにわかったんだろうね」

「それはまあ、POPのデザインとか……髪の色とか……」

ごにょごにょと言葉を濁す。なんとなくわかってきた。学生時代の真弓クンは、オレンジと黄色と白に染め分けた髪を、つんつんに立てていたのだ。一度だけ、写真を見せてもらったことがあった。なるほど、POPの派手さを見れば一目瞭然だったというわけか。

「それで、その男性が音楽を続けなさいと言ってくれたわけだね」

五反田二尉が話の軌道を修正した。そうそう、と真弓クンが何度も顎《あご》を上下させた。

「店長に愚痴ってたのも、ほぼ最初から聞かれちゃってたみたいで。打楽器専攻なのも、当時バンドでドラムをやってたことも、知ってたみたいっス」

(プロにならなくてもいいじゃない。本当に好きなら、やめると後悔するよ)

そして、自分は向陽交響楽団の神楽良知だと名乗って、名刺をくれた——というのが、真弓クンの話だった。当時は知らなかったが、ネットで調べてみると、向陽交響楽団のティンパニー奏者らしいとわかった。

「名刺まで持ってたんだ」

「そうなんッス。言葉の内容よりも、神楽さんみたいなプロが、しがない学生バイトを気にかけてくれて、わざわざ親切にも声をかけてくれた――って、そのことが嬉《うれ》しくってですね。同じ打楽器奏者だってことにも、じーんときちゃって。神楽さんはずっと、私の神様だったんです！」

「でもさ」

美樹がビールで口を湿らせ、身を乗り出す。

「向陽交響楽団のコンサート、それから行かなかったの？　行けば別人だとわかったんじゃないの？」

「一度は行きましたよ。その時はたしかに、その人はいなかったんです。でも、楽団員全員が、すべてのコンサートに出るわけじゃないですし」

「聞けばよかったのに。神楽さんはどの人かって」

「そんなことしたら、いくらなんでも厚かましいじゃないですかあ――」

真弓クンが真っ赤になった。

　これだ。真弓クンは、たとえ髪の毛をツンツンに逆立てていたとしても、実は内気で人見知りで、あがり症なのだ。

　そして、真弓クンは一念発起して真剣に音楽に取り組み、プロを諦《あきら》めるどころか、今では音楽隊の立派な打楽器担当だ。あの時、自分を音楽に引き戻してくれた〈神様〉とも尊《とうと》ぶ恩人の名前を忘れたことはない。

「今回の競技会に、神楽さんが審査員として来るって聞いて、信じられないくらい、舞い上がって緊張して――」

　ところが、会場で審査員席を見たら、まったくの別人が座っていたので仰天《ぎょうてん》した。それが、真弓クンの説明だった。

　――そりゃ、びっくりするよね。

　みんな話に興味を引かれて、ビールもつまみもあまり進んでいない。

「今日の審査員が、その時の恩人じゃなかったってのは、たしかなのか。何年か前に、たった一度会っただけなんだろ。六年もたてば、体形も変わるだろうし、髪型が変わっただけでも見違えるぞ」

　渡会が、まっとうな疑問を呈《てい》した。

「それはそうですけど。背の高さが全然違うんです。私が会ったのは、私よりずっと背が高い人でしたから」

佳音は、審査員として紹介された、ティンパニー奏者の男性を思い浮かべた。真弓クンは「タカラヅカの男役みたい」とからかわれるほど、すらりとして背も高い。今日来ていたのは、小柄で優しい雰囲気の男性だった。たぶん、真弓クンより背は低いだろう。

「実は、お帰りの際に話しかけてみたんです」

真弓クンがためらいがちに言った。

「えっ、何て？」

「ひょっとして、同姓同名の方がいたりしますかって。首をかしげて、僕は知らないですって言われましたけど——」

聞きようによっては失礼な質問だが、神楽氏は特に気にした様子もなく、「また明日来ます」と微笑《ほほえ》んで帰ったそうだ。

「いい人そうだったよね。挨拶の時と、審査中の後ろ姿を見ただけだけど」

「佳音、それだけでどうして『いい人そう』ってわかるわけ？」

「うーん、だって醸《かも》し出すオーラがさ」

「オーラは大事ですよね！」

果敢にくちばしを突っ込んできたのは、松尾光だ。なにしろ霊感青年だけに、オーラなんていうスピリチュアルな話題は見逃さない。美樹がうんざりした表情になった。彼女は目に見えるものしか信用しないタイプだ。

「とすると、話の要点は、『長澤さんを励ましたのは、いったい誰だったのか』ですよね」

五反田二尉が、美樹と松尾の間に一瞬ただよった微妙な空気を打ち消すかのように、みごとにまとめてくれた。

「おまえら、話が長《なげ》えんだよ」

渡会がまた、険悪なムードを蒸し返す。こいつは何もわかってない。佳音は正面にいる渡会の足を、テーブルの下で軽く蹴った。

「いてっ！」

何をする、と目を吊《つ》り上げた渡会に、佳音はあっかんべえをした。

「真弓クンを励ました男性を、仮にA氏とすると、彼についてはっきりしていることは、まず『神楽良知さんの名刺を持っていた』」

テーブルの話題は、佳音と渡会を置き去りにして進んでいる。五反田が指を折って数え上げていくのを、美樹たちがうなずきながら確認している。名刺を持っていたということは、本人でないのなら、本人と会ったことがある人間の可能性が高い。

「神楽さんに直接聞いてみれば、わかりますかねえ」

「どうかなあ。写真があるわけでもないし」

美樹と松尾が腕組みして唸っている。五反田が次の質問を思いついた。

「A氏は何のCDを購入したんですか」

「ドリーム・シアターの新譜っス」

はい？　という感じで、みんながぽかんと真弓クンの顔を見直した。

「プログレッシブ・メタルの先駆けと言われるバンドっスよ。えっ、ご存知ないんですか」

佳音たちは無言で顔を見合わせた。

「俺、メタリカは好きだったけどな」

渡会がぼそりと言う。真弓クンが目を輝かせ、説明を始めた。

ドリーム・シアターというバンドは、当時、マイク・ポートノイというドラマーがリーダーだった。このポートノイが、とにかく手数の多い超絶技巧のドラムを得意とするのだそうだ。ちなみにポートノイはバンドを脱退し、今はザ・ワイナリー・ドッグスというバンドなどで活躍しているという。現在のドリーム・シアターには、一時期エクストリームでドラムを叩いていたマイク・マンジーニが加入して――云々《うんぬん》。他にも真弓クンがぶつぶつと蘊蓄《うんちく》を垂れたが、たぶん誰も聞いていなかった。――たしかに蘊蓄が長すぎる！

「ドリーム・シアターの当初メンバーは、みんなバークリー音楽大学の卒業生っスから」

反応の鈍さに業を煮やした真弓クンが挑戦的に言う。

「バ、バークリー？」

米国では、クラシックのジュリアード音楽院に、ジャズのバークリー音楽大学だ。双璧とも呼ぶべき音楽学校の片割れだけに、佳音も「話を聞こうじゃないか」と居住まいをただした。

「ではふたつめ、『A氏はドリーム・シアターのCDを購入した』」

五反田だけが、まったく態度を変えずに淡々と話を進めている。

「長澤さんが働いていたCDショップは、どこにあったんですか」

「調布《ちょうふ》の駅前っス」

「長澤さんの学校の近くですね。それまでにA氏を見かけたことはなかったんですか」

「私が見たのは初めてっスけど、毎日店にいたわけじゃないですから、わかりません」

「ふむ。みっつめ、『A氏はその日、調布駅前のCDショップを訪問した』」

A氏の写真があるわけでもなく、外見については真弓クンの乏しい語彙《ごい》に頼るしかない。それ以上の手がかりも思いつかず、彼らは唸りながらしばし首をかしげた。

「――とにかく、今日はここまでにしましょう。明日はまだ競技会がありますから。みんな今夜は早く帰って、ゆっくり休んで明日に備えてください。明日以降、じっくり検討してみましょう——A氏の正体について」

「いいですね！」

美樹が目を輝かせた。五反田二尉が、ムッフッフッという奇妙な笑い声を上げたような気がしたのだが、佳音の空耳だったかもしれない。とにかく、航空中央音楽隊の「安楽椅子探偵《アームチェアディテクティブ》」を自任している美樹には、いい仲間が現れたようだ。

残っていたつまみとビールを、手早く片付けて精算する。

「いいか、鳴瀬！　明日は絶対、お前に負けないからな」

何を意気込んでいるのか、店を出たとたんに渡会が肩を怒らせ、小鼻をふくらませた。

「もし、俺がお前に勝ったら——、は、は、話があるんだからな！」

「はあ？　話があるなら、ここで言っちゃえばいいのに」

「そんなわけにいくか！」

渡会は顔を真っ赤にし、五反田の解散の合図とともに、脱兎のごとく庁舎に駆け戻っていった。もちろん、松尾の腕をつかむようにして。あの様子では、明日のために深夜まで練習するつもりかもしれない。

——まったく、めんどうくさい男だ。

「おやまあ。明日はひと波乱ありそうね。あいかわらず、佳音さんはよくわかってなさそうだけど！」

美樹がにやにやしている。彼女はこれから基地を出て、国立《くにたち》の自宅に帰らねばならない。五反田も、奥さんの待つ官舎に帰るからと、手を挙げて立ち去った。

「言っとくけど、美樹だって明日は演奏あるんだからね！」

「んなこた、知ってるよ」

おなかを抱えて笑いながら、美樹が手を振った。そのまま門まで歩いていくつもりらしい。たった一杯しかビールを飲んでないのに、陽気なやつだ。

「もう帰ろうか」

女性の内務班に帰るのは、独身の真弓クンと佳音だけだ。力なくうなだれている真弓クンを促して、歩きだした。

「なんでそんなに落ち込んでるの」

はあ、と真弓クンが深いため息をつく。

「だって、今日こそ会えると思ってたんっスよ、六年前の恩人さんに。神楽さんの目の前で演奏するんだと思ったら、そりゃもう緊張しまくりでしたけど――。だけど、審査員席を見たら、全然知らない人が座ってるじゃないですか。あまりにもショックすぎて」

派手に転んでシロフォンに突っ込むし、そのあとの演奏がぐだぐだとくれば――。

――でもまあ、競技会での演奏はこれからも、二年に一度はめぐってくる。

「今日の話を聞いて、あらためて思ったけど、真弓クンが音楽隊に来たのって、ちょっと意外だよね。好きな音楽の方向性から考えると、バンドをやりたかったんじゃないの？」

「それが、恩人さんの影響なんスよね。神楽さんが向陽交響楽団にいるっていうから、向陽も受けたかったんですけど、その年は打楽器の募集がなかったんで」

――なるほど。

そこまで神楽の存在が大きかったのなら、別人だと気づいた時の衝撃も、さぞかし大きかっただろう。

よくわからないのは、なぜA氏が別人を名乗ったのか、ということだった。真弓クンが打楽器専攻だとわかったので、打楽器のプロを名乗って励まそうとしたのだろうか。

「きっともう、会えないっスよね。恩人さん」

真弓クンが、地面にめりこみそうなくらい暗い声で呟いた。

――ピンときた。

なにしろ、狩野夫人や学生時代の親友、明実《あけみ》の恋愛をそばで見てきて、こっちも恋愛に関しては百戦錬磨。

恩人だからという理由だけじゃない。真弓クン、その人にひと目惚《ぼ》れしたんじゃないだろうか。六年越しの実らぬ恋だ。向陽交響楽団のコンサートに行けば会える。そう思っていても、コンサートに一度しか足を運ぶことができなかったのは、怖かったからではないか。たった一度、会っただけの人。ひょっとすると、思ったような人物ではないかもしれない。このまま会わずに、美しい思い出として残したほうがいいのかもしれない。そう考えると怖くて、会いにいくことができなかったのだ。

しかし、相手が神楽ではなかったとわかってみると、喪失感が半端なかった。

「――大丈夫だよ」

佳音は真弓クンの背中を叩いた。

「え――」

真弓クンがきょとんとしている。

「きっと、会えるって。神楽さんの名刺っていう、貴重な手がかりもあるわけだし。ほら、美樹が口癖みたいに言うじゃない。私たち、航空中央音楽隊の安楽椅子探偵に任せてください――ってさ」

「――ですかねえ」

あんまり信用していない表情で、しかたなさそうに真弓クンが笑った。

これはもう、何がなんでも、A氏を見つけてやるしかないだろう。――真弓クンの貴重なひと目惚れのためにも。

――早く目が覚めちゃった。

目覚まし時計が鳴るより先に起きることなど、めったにない佳音なのだが。同室のりさぽんこと澄川理彩《すみかわりさ》は、フルート奏者だ。今回の競技会では昨日のうちに発表が終わり、ほっとしたようだ。彼女は佳音がベッドに起き上がったことも気づかぬ態《てい》で熟睡していて、目を覚ます気配もなかった。

ずいぶんステージや競技会に慣れたとはいえ、これでも佳音は、一応ストレスの影響を受けやすいタイプだ。今日の演奏が気になって、よく眠れなかった。渡会が妙に敵愾心を燃やしていたのも気になる。

――何だろう、話って。

眠れないのに、無理に横になっていても時間の無駄だ。身支度を整え、思い切って先に庁舎に向かうことにした。りさぽんが遅刻すると困るので、部屋の入り口に「危険！　テディベア爆睡中、寝ていたら起こしてやって」とメモを張り付けておいた。トロンボーンの土肥さんあたりが前を通りがかれば、覗いてくれるだろう。テディベアというのは、りさぽんのもうひとつのあだ名だ。

楽器を抱えて庁舎まで歩くのも、いい運動だった。けっこう距離があるので、自転車で向かう人もいる。

まだ誰も来ていないだろうと思っていたが、いくつか靴があった。どうやら、佳音と同じように、競技会が気になって早起きした者がいるらしい。各個練磨室に転がり込む。同室の美樹は、さすがにまだ来ていない。それぞれの部屋はしっかり防音されているから、楽器の音は聞こえてこなかった。

課題曲の楽譜を受け取るのは、競技会のおよそひと月前だ。クレストンの『サクソフォン協奏曲』なら学生時代に一度はさらったことがある。ひと月かけて、曲をじっくり完成させていく。競技会の当日、いちばん良い状態になっているように、自分の気持ちを上げていくのだ。

練習量が足りなくてもダメ。やりすぎて、一番集中力があって気持ちが乗るタイミングを過ぎてしまってもダメ。ぴたりとハマると、本番で最高の演奏ができる。そのための、練習のさじ加減が難しい。

金色のアルトサックスをケースから取り出し、マウスピースにリードをつけて、リガチャーで締めていると、前の廊下を横切っていく制服姿が、小窓からちらりと見えた。

——あれ、渡会と松尾君？

あのふたりは、三階の空き部屋に泊まっていたはずだ。やっぱり早く目が覚めて、早朝から練習するつもりなのだろうか。渡会は沖縄でずいぶん練習したと言っていた。

——どんな演奏するつもりなんだろ。

ふと興味がわいて、佳音は楽器を置き、各個練磨室を出た。ふたりの姿は消えている。競技会の会場、合奏場に入っていったようだ。扉を閉めてしまったので、こっそり彼らの演奏を聴くのは難しそうだった。

——そうだ。

合奏場の手前に、ＣＤ録音などで使うミキサー室がある。ミキサー室と合奏場の間は、色の濃いガラス窓になっていて、ミキサー室からは合奏場の内部がよく見えるが、合奏場からは窓に近づかないとこちらが見えないのだ。

佳音はミキサー室に滑りこんだ。ここには誰もいない。録音中に、ここで演奏を聴くことができるよう、マイクで拾った音を流すスピーカーもある。

——あのふたり、何やってるんだろ。

渡会と松尾は、どちらも楽器を持っていなかった。何か話し合っているようだ。好奇心に負けて、ミキサー室のスピーカーのスイッチを入れた。とたんに、合奏場の音をマイクが拾いはじめる。

『――負けたら言わないって、そんなの、逃げてるだけじゃないでしょうか』

松尾の皮肉な口調が聞こえてきた。

『何がだ。お前なんかに何がわかる』

『わかりますよ。渡会三曹は、結果が怖いんだ。だからずっと逃げ続けてきたんです。今度の競技会だって、心の中では鳴瀬さんに負けると思ってるんじゃないですか』

話が見えないが、あんまり松尾がズバズバとものを言うので、佳音は内心、渡会が怒りだすんじゃないかとひやひやした。

『――そんなわけないだろう。いいか、見てろ。俺だって伊達《だて》に何年もサックス吹いてるわけじゃない。あいつが上手いのは知ってる。だけど、俺だってそう悪くはない。この曲は、俺の卒業試験の課題曲だったしな』

『そうなんですか？』

不思議なくらい、渡会が穏やかだ。

――ん、待てよ。いま、渡会が、課題曲を卒業試験で吹いたと言わなかったか。

それはまずい。卒業試験で吹いた曲なら、そうとう演奏経験があるに違いない。しかも、その曲を沖縄にいる間に、ひと月かけて完成させたのなら、今日は渡会の宣言通り、負けるかもしれない——いや、負けたからどうということもないんだけど。

むむむ、と佳音が唸った時だった。

『じゃ、勝てるんですね』

松尾が挑戦的に言い放った。

『もちろんだ。——今度こそ俺が勝って、あいつに告白する。——鳴瀬のやつにな』

——……。

一瞬、耳が何かを拒否した。渡会が、とんでもないことを口にしたようだ。真っ白な空間と、静寂のなかに放り込まれた気分だった。佳音はぽかんと口を開け、渡会の発した言葉を、耳によみがえらせようと試みた。

今度こそ俺が勝って。

あいつに告白する。

——鳴瀬のやつにな。

佳音は顎をだらりと下げ、ミキサー室の卓に両手をついた。

——オーマイガッ。

午後一時から再開された競技会のトップバッターは、松尾光だった。モーツァルトの

『ファゴットとチェロのためのソナタ』を、ファゴットとピアノ伴奏用に編曲した譜面を選び、初の競技会にしては堂々たる演奏ぶりだった。しかも、演奏の前後で態度が変わらないのが憎らしいほどだ。もう少し、ほっとして見せるようなら、可愛げがあるのだが。

「あいつ、くそ度胸あるよねえ」

頭を振って松尾を誉《ほ》めながら、美樹が控室に消えていく。彼女はテナーサックスで、H・ヴィラ＝ロボスの『サックスのためのファンタジア』を吹くそうだ。

佳音は奇妙に現実感がないまま、競技会の聴衆席に腰を下ろしていた。

――だって。

今朝はあれから、練習が手につかなかった。いや、たしかに渡会は「鳴瀬のやつに告白する」と言いはしたが、いったい何を告白するというのか？　聞いた直後は気が動転してしまったが、まさか、恋愛感情を告白するわけでもないだろう。まさか――まさか――。

斜め前の席に、渡会が座っている。髪は短く、襟足をすっきりと刈り上げている。佳音がゴリラと呼んでからかうほど、運動が大好きで体格も抜群によい。四角い肩に、がっしりとした首が載っている。

高校時代には同じ吹奏楽部にいて、サックスを吹いていた。思えば、長いつきあいだ。

何を考えるというわけでもなく、ぼんやり渡会の後頭部を眺めていると、視線を感じたのか渡会がふいに振り向いた。

——危ない、危ない。

すんでのところで視線を逸《そ》らす。妙な誤解を受けては困る。

クラリネットの佐藤《さとう》一等空士が演奏を終えると、次は美樹の番だった。階級と名前を名乗り、楽器をかまえて伴奏を待っている。曲が始まっても、佳音の耳には音がほとんど飛び込んでこなかった。

聴衆席の前には、昨日と同様に、審査員席が設けられている。向陽交響楽団のティンパニー奏者、神楽は右端にいて、小柄な体軀で時々ふんふんとうなずき、手元の用紙になにやら書きつけている。そういえば、真弓クンのために、神楽になりすましたA氏の正体も探らねばならないのだった。

途中、テディベアこと、りさぽんが会場の扉を開き、ひそやかに佳音に近づいてきた。佳音の腕をつつき、真剣な表情で部屋の外を指さしている。何か言いたいことがあるらしいのだが、演奏の途中なので言葉にできないのだ。

ついてこいという身振りに、佳音は静かに会場を抜け出した。

「んもう、鳴瀬三曹！　何やってるんですか、次の次は鳴瀬さんの番ですよ。さっさと控室に入ってもらわないと」

「えっ、もう？」

仰天したが、りさぽんの言う通りだ。佳音の演奏順は、美樹の次の次だった。次の演奏者は、既に会場の待機場所に控えていた。

「楽器、準備できてます？」

ケースは抱えていたが、組み立てもまだだ。急いで控室に入り、楽器を組み立ててチューニングする。長年やっている動作だから、時間もかからないし慌てることもないが、気持ちが入っていないのを自分でも感じた。

――しっかりしろよ！　本番でしょ！

一か月もこの日のために練習してきたくせに。

ぺちりと鈍い音をたてて両手で自分の頰《ほお》を挟むと、りさぽんが目を丸くしてこちらを見つめている。

「大丈夫ですか、鳴瀬さん！」

「――ん。大丈夫」

渡会の言葉に惑わされて、呆けている場合ではない。ひょっとするとあれは、渡会の作戦かもしれない。佳音がこっそり聞いているのを知っていて、わざと――いや、そんなわけはないか。

「吉川三曹の演奏が終わりました。次、鳴瀬三曹、待機お願いします！」

場内から合図が来る。佳音が楽器を抱えて廊下に出ると、ちょうど美樹が会場から出てくるところだった。

「ああ、終わった――！」

美樹は満面の笑みを浮かべ、ガッツポーズを見せた。なんということだ。会心の一撃を浴びせたと言わんばかりのあの笑み。演奏順のおかげで聴くことができなかったが、あの様子では美樹もいい出来栄えだったらしい。

――やばい。どうしよう。

自分が負けたら？　いや、渡会が勝ったら、いったい何を告白するというのだろう。頭の中で、いろんな妄想がぐるぐると渦を巻きはじめた。

足の震えが止まらない。待機者席につき、楽器を膝に載せる。次はオーボエの坂本《さかもと》空士長で、彼が演奏している間は、ここで待たねばならない。

深呼吸をする。あれだけ練習したじゃないかと、自分に言い聞かせる。本番に最高のコンディションをもってくるように。しかし、これ以上は何もやるべきことがないと思えるくらい熱心に準備しても、本番では思いもよらぬことでつまずくのだ。

――舞台は魔物だから。

今日はもうだめだと投げたがっている自分がいる。これだけ心を乱されるハプニングが続いているのだから、最高の演奏にならなくてもしかたがないと思いたがっている自分がいるのだ。

——そんなことはない。

佳音は目を閉じて背筋を伸ばした。

——できる。きっとできる。いざという時には、自分はできる子！

そんなおかしなおまじないを教えてくれたのは、狩野夫人だっただろうか。

拍手を耳にして、ハッとした。

——嘘《うそ》、もう終わっちゃったの？

坂本空士長が、ホッとした様子でステージから会釈している。

ピアノに近づいていきながら、何度も深呼吸をした。ああ、困った。肩までこわばってきた。力みを抜かなくては。よけいな力が入ると、リードにそれが伝わって、いい音が出ない。

「よろしくお願いします」

ピアノ伴奏を担当してくれる、花園《はなぞの》さんという女性ピアニストが、紺色のワンピース姿でふんわり微笑した。

――そうだ。自分では何度も練習したが、花園さんの伴奏と合わせる機会は、そう何回もあったわけではなかった。

ともすれば自分を否定する考えばかりが浮かんできて、めまいがしてきた。

――集中しなくては。

「三等空曹、鳴瀬佳音です」

自己紹介してお辞儀をし、伴奏の開始を待つ間にも、つい審査員席に視線を走らせてしまった。その後ろの聴衆席にいる、渡会にも。

渡会が、目に強い光を浮かべてうなずいた。

――あれっ。

佳音は目を瞬《またた》いた。

何だろうか、いま急にすっと気分が落ち着いたようだ。渡会が、お前ならやれる、と目で告げたような気がした。

クレストンの『サクソフォン協奏曲』、前奏を聴く。不思議なことに、今までの緊張と不安が嘘のように、肩のこわばりと一緒に溶けるように消えていった。

ひんやりと涼しい風が、すうっと頭からつま先まで通り過ぎたようだった。審査員席も聴衆も、なんにも目に入らなくなった。第二楽章の冒頭に自動的に気持ちが入る。「瞑想的な」第二楽章だ。演奏が始まると、いつの間にか曲に没頭していた。

今だけは、渡会のことも、真弓クンのA氏のことも、審査員席のことも、審査の結果についても——何も考えない。

好きなだけサックスを吹ける。それだけが喜びだ。

ふと我に返ると、喝采のなかにいた。

——いつの間に終わったんだろ。

ぽかんとしながら、頭を下げる。夢中になって、いつの間にか演奏が終わっていたなんて、子どものころのようだ。

ピアノの花園さんに挨拶してステージを離れ、会場の出入り口に向かう。準備をするのか、渡会も会場を出ようとしていた。

「良かったよ、おめでとう。——でも、負けないからな」

渡会が、しっかりとこちらを見つめ、自分に言い聞かせるように口にする。佳音はうなずき返した。

これがいつもなら、何、スポコン漫画みたいなこと言ってんのよと、背中のひとつも叩くところだ。

「終わりました？」

真弓クンが廊下で飛びついてきた。

「お疲れさまでした！」

美樹と松尾光も一緒にいた。彼らも今日の演奏は終わり、講評を待つのみだ。

——あとは、渡会だけ。

「私、渡会の演奏も聴いてくる！」

佳音は手早く楽器を片付け、会場に戻った。美樹たちもみんなついてきた。待機者席にいる渡会が、なんだみんな来たのかという顔をした。妙に自信たっぷりなのが、癪《しゃく》に障《さわ》る。自分は待機者席からステージに上がるまでの短い時間が、永遠のように感じられるほど、不安な思いをしていたというのに。

——あいつ、大きくなったなあ。

前の演奏者が終わり、入れ替わりにステージに向かう渡会を見ながら、佳音は不思議な気分がした。

いがぐり頭の高校時代から、不遜なところがあった。吹奏楽部での思い出と言えば、夏の合宿に文化祭の演奏会だが、渡会はいつも不機嫌そうで、人当たりも容赦なく、どちらかというと怖かった。先輩たちですら、渡会には一目置いていたようだ。

今でも後輩をびしびし鍛える厳しい先輩であることに変わりはないが、松尾光のような個性派の後輩に、ただ厳しく接するだけではなく、見るべきところはきちんと見ているし、松尾の言葉にも誠実に耳を傾けている。

「三等空曹、渡会俊彦です」

どっしりと響く低めの声で名乗り、ぴしりと礼をする。そんな挙措《きょそ》すら、安定した精神状態を表しているようで、腹立たしいくらいうらやましかった。

渡会の吹く『サクソフォン協奏曲』は、自然で肩の力が抜けた、いかにも彼らしい演奏だった。うまく吹いてやろうという気負いやてらいがない。少なくとも、ないように聞こえる。指使いの速い第三楽章も、せわしない感じがせず、堂々たるものだ。

すべてにおいて、余裕の感じられる演奏だった。

「あいつ、沖縄行って成長したな」

演奏が終わり、ステージを離れる渡会に拍手を送りながら、少し離れたところに座っていた、トランペットの「退屈男」こと安藤《あんどう》が、隣の隊員とぼそぼそ喋《しゃべ》っているのを聞いた。

――そうか。

立川を離れたのが、渡会には良かったのかもしれない。ここにいれば昔なじみの仲間が多く、環境にも慣れてしまっている。新しい環境で自分を鍛え直すのが、渡会には良い方向に働いたのだ。

会場を出ていく渡会と、一瞬だけ視線が交わった。渡会がにやりとした。悔しいが、今回ばかりは負けたかもしれない。

最後の演奏が終わり、結果の発表は一時間ばかり後のことだ。それまでに、隊員はめいめいの事務仕事などを片付けておく。

——今回も、無事に競技会が終わったんだ。

事務仕事と言いつつ、次のコンサートの企画もあらかた終わっていて、佳音は競技会終了後の気が抜けたような空気を楽しんだ。

「ちょっと、佳音。神楽さんが帰っちゃう前に、真弓クンのA氏の件、聞いてみようよ」

隣の席から、美樹が肩をつついてきた。

——そうだ。その件があった。

「もういいですよ、美樹先輩。神楽さんの名刺を持っていたっていうだけで、恩人さんと神楽さんが知り合いだとは限らないですし」

真弓クンが困ったように眉を曇らせた。たぶん、彼女は怖いのだろう。A氏の正体を知りたくない気持ちも少しはあるのかもしれない。自分の本名を隠し、神楽さんになりすましたA氏。どうしてそんな必要があったのだろう。なぜ、本当の名前を名乗らなかったのだろう。真弓クンが打楽器奏者で、しかも音大の学生だから、クラシックの演奏者だと言ったほうが励みになると思ったのだろうか。

「知りたくないっていうのなら、これ以上、おせっかいは焼かないけどさ。だけど、神楽さんに直接会って、話を聞ける機会なんて、めったにないよ。今日を逃がしたら、二度とチャンスはないかもしれないよ」

美樹の言葉に、真弓クンがやや青ざめた。

「そ、それはそうですよね。向陽交響楽団のコンサートに行ったところで、楽屋に押しかける勇気なんか、とても出ないし——だ、だけど——」

真剣な表情で唇を震わせていた真弓クンが、緊張に耐えかねたのか、胃のあたりを押さえた。

「ダ、ダメです。胃が痛くなってきました」

——だめだ、こりゃ。

佳音は美樹と顔を見合わせた。

「わかった。真弓クンはここにいるといいよ。美樹と私が、神楽さんと話してくる。何かわかって、いつか真弓クンがそれを聞いてみたいと思ったら、教えてあげる。決心できるまで、何も言わない」

「す、すみません――」

真弓クンが目を真っ赤にして鼻をすすった。涙腺崩壊寸前のようだ。

佳音は美樹に目くばせして、事務室を出た。外部から招聘している審査員は、講評が終わればおそらく、隊長や幹部たちとの懇親会に参加するだろう。話を聞いてもらうなら、今しかない。ただ、審査員たちはいま、会場内で採点と協議の真っ最中だ。ふたりとも今回の審査対象なので、審査が終わる前に話すのはフェアでない気がする。

「五反田二尉にお願いしてみようか。審査が終わって、審査員が休憩に入ったら、神楽さんと話す時間をもらうの」

「それがいいかもね」

美樹もうなずいた。のんびりした外見によらず、てきぱきと探偵会議を仕切る五反田の意外な才能に、美樹も彼を見直している。五反田は事務室で電話していた。神楽と話す時間を作ってくれないかと頼むと、ふたつ返事で承知してくれた。

「ただし、僕もその場に同席しますけどね。うっふっふふ」

どうやら五反田は、すっかり安楽椅子探偵ごっこにハマってしまったようだ。

「六年前に、僕の名刺を持っていた人、ですか？」

審査が終了し、十分間の休憩に入ったところで、五反田がすばやく神楽に耳打ちして、ミキサー室で会う時間をもらってくれた。

神楽は誠実そうな印象の男性で、真弓クンから聞いた話を伝えると、目を丸くした。

「その会話がきっかけで音楽を続けることになったのなら、誰だったのか知りたいですよね。その気持ちはよくわかりますよ」

神楽はしばらく考え込んでいたが、やがて意外なことを言いだした。

「実は僕、その相手が誰だったのか知っています。そのあとすぐ、そいつが僕に電話をかけてきて、CDショップの女性にお前の名刺を渡したからなって、言われたんです」

「えっ、ご存知なんですか！」

なんとも、案ずるより産むがやすしだ。佳音は美樹と顔を見合わせた。美樹の表情も明るい。勢いこんだ佳音たちをなだめるように、神楽は手を上げた。

「ただし、皆さんに彼の正体を教えるには、彼の了解を得なくてはいけません。少し、お時間をいただいてもいいでしょうか。後で彼に電話して、結果をメールします」

五反田はすでに神楽とメールのやりとりをしているので、互いにアドレスも知っているそうだ。神楽からメールが届けば、それを佳音と美樹に転送すると約束してくれた。

「なんだ、安楽椅子探偵が登場する隙《すき》もありませんでしたね」

五反田がのんきに呟いた。内心では、探偵ごっこを楽しみにしていたのかもしれない。たしかに、こんなにあっさりとA氏の正体を知る人に行き着くとは思わなかった。しかも、すぐに電話するというぐらいだから、神楽とは今でもかなり親しいということだ。やっぱり、向陽交響楽団の誰かなのだろうか。

「じゃ、そろそろ講評ですから。皆さん、合奏場に集まってください」

各階から、隊員らがぞろぞろと集まってくる。年に一回しかないイベントのひとつだ。少し先を歩く渡会と松尾を見つけ、佳音は足取りが重くなった。

松尾が振り返り、こちらを見つけてにこやかに手を振ってくる。

──おいおい。

松尾も渡会と話して知っているくせに、あののんきな表情はどうだろう。

審査員がひとりずつ全体の講評をした後、隊長が優秀賞の受賞者をひとりずつ読み上げ、ステージに上がらせた。「期待の若手」がどんどんステージに向かう。途中で松尾も呼ばれ、意外だったのか、このときばかりは頰を紅潮させて、ステージに上がっていった。佳音も美樹も渡会も、まだ呼ばれていない。

──今回は、三人とも呼ばれないのかな。

それならそのほうがいいのかもしれない。競技会の勝ち負けだけにこだわるのも大人げないし。

なんとなくホッとしはじめた時、最後のひとりが呼ばれた。

「渡会俊彦、三等空曹！」

「はい！」

渡会が機敏に立ち上がり、ステージに向かった。列の端に並んだ四角い肩が、今日はずいぶん頼もしい印象だ。

——良かったもんね、今日の渡会の演奏。

あれなら負けてもしかたがない。そう素直に思えるくらい、堂々たる演奏だった。それに、なんだか人間的にもひと回り大きくなって帰ってきたようだ。

表彰され、晴れ晴れした表情でステージを降りてくる渡会に、佳音は惜しみなく拍手を送った。そばを通りすぎる時、渡会がさりげなく近づいてきた。

「話、あるから。後でな」

演奏中よりむしろ緊張したような顔で、むっつりとして怒ってでもいるようだ。渡会の後ろにいた松尾が、通りすがりにこちらにウインクしてよこした。

「うーん、渡会のやつ、今日は自信満々だったねえ。やつも成長したかあ」

美樹が感心したように唸っている。ひとの気も知らずに、と佳音は軽く睨んだ。

「──よう」

コート姿の渡会が、照れくさいのか、仏頂面で小さく手を上げた。

「何よ、話って」

みんなが帰った後、裏の駐輪場に来てくれと言われ、しかたなくのこのことやってきた。美樹はもう自宅に帰ったし、真弓クンは内務班に戻っていった。人の気配がなくなるまで、佳音は各個練磨室に残っていたのだ。

渡会は「ん」と言ったきり、鼻の頭を指先でこすっている。

──寒いんだけども。

のど元まで出かかっている言葉を、佳音はどうにか呑み込んだ。一月下旬の冷たい空気が頬を刺す。渡会がぶっきらぼうに口を開く。

「あのな。──俺、今日の競技会でお前に勝てたら、言おうと思ってたんだ」

いったい、何を。

「考えてみれば、高校時代から、長いつきあいだよな、俺たち。──いっそもう、つきあわないか？」

真剣なまなざし。

「――もう、つきあってるじゃん」

「――は？」

「いま、長いつきあいって言ったじゃん」

「――いや、それは――そうじゃなくて――どうしてこんなにややこしい会話になるんだ、単純な話なのに――」

佳音はじりじりと一歩、後じさった。

その時だった。

「ちょっと待ったあ！」

えらく能天気な声が飛んできたと思えば、庁舎から松尾光が息を切らしながら駆けてきた。寒さのせいか、ほっぺたが丸く赤みを帯びている。

「その告白、僕も参加します！　鳴瀬先輩、僕は初めて立川でお見かけしてから、先輩のことが大好きです！　お願いします、ぜひ、僕とつきあってください！」

佳音が目を丸くするのと、渡会が酸欠の金魚みたいに口をぱくぱくさせるのと同時だった。

「お――おまえ、俺に協力するって言ったじゃないか、松尾！」

「協力するとは言いましたが、鳴瀬先輩に告白しないとは言いませんでしたよ！」

「ちょっと待て――！」

いや、待てと言いたいのはこちらのほうだ。

目の前で起きている事態の、わけのわからなさに、佳音はめまいを感じた。つかみあい寸前の渡会と松尾が、きっとこちらを振り返る。

「鳴瀬！」

「鳴瀬先輩！」

「おまえは、どっちとつきあうんだ？」

ふたりに、ひたと責めるように見つめられ、ハニワのごとく身体の中が空洞になった気分で、呆然《ぼうぜん》と立ち尽くした。

――そんな、むちゃくちゃな告白のしかたがあるか。

ポケットでスマホが鳴った。メールの着信のようだ。誰だか知らないが、このタイミングで着信とは、まさしくグッジョブだ。

「ちょ、ちょっと待って」

佳音はスマホを取り出し、震える手でメールを見た。五反田二尉からだ。「A氏の正体」と書かれたタイトルを見て、ハッとする。神楽から届いたメールを転送してくれたのだ。

神楽が送ってきたのは、一枚の写真だった。

黒ずくめの衣装にそれぞれ楽器を抱え、白塗りのメイクで素顔がわからなくなった四人の男性——背景に「ＥＳＭａｘ」と飾り文字でバンド名が入っている。ドラムセットの後ろに座った男性に、たぶん神楽が矢印を書きくわえていた。

「えええええ！」

自分が置かれた状況も忘れ、叫び声を上げる。Ａ氏の正体は、人気ヴィジュアル系バンド『ＥＳＭａｘ』のドラマーだったのか。コンサート会場の近くでＣＤショップに立ち寄り、自分のファンとおぼしき女子学生に声をかけ、音楽を続けるようアドバイスをしたが、『ＥＳＭａｘ』のドラマーだと名乗ることはできなかった。そこはやっぱり、芸能人だし。友達でクラシックのティンパニー奏者の名前を出したのは、音大生だという真弓クンを元気づけるためかもしれない。名刺まで渡しているので、連絡を取れるようにしたのかも——。

しかし、これはすごい話ではないだろうか。

「鳴瀬！」

業を煮やしたように、渡会が鋭く叫んだので、ようやく佳音は現実に引き戻された。

「おまえ、どっちを選ぶんだ？　今日こそ、ごまかさずに答えろよ！」

「そうですよ、鳴瀬先輩。そろそろ、きちんと僕を選んでくださいよ！」

ふたりの熱いまなざしに、よろめく。

——鳴瀬佳音、絶体絶命。

凍えるほど寒い一月の夜だった。

ルージュの伝言

「そういうのを、卑怯《ひきょう》っていうのよ」

ぴしりと吉川美樹三等空曹に決めつけられ、鳴瀬佳音三等空曹はパイプ椅子の上でのけぞった。

「ひ、ひきょう――」

「そうよ。それとも、あんたにしては珍しく、渡会と松尾君に二股でもかけるつもり?」

「ふ、ふたまた――」

いろいろと異世界すぎる。ひたすら目を白黒させて、口ごもるしかない。「まあまあまあ」と言いながら、真弓クンこと長澤真弓空士長が佳音と美樹の間に割って入った。

「美樹先輩も、今日はひときわスパイシーっスけど、鳴瀬先輩だって、なにも悪気があったわけじゃないんですから」

「そうかしら？　悪気がないのに、勇気を出して告白したふたりを、返事もせずに沖縄に追い返したりする？」

「次の日はもう、那覇に帰る予定でしたからねえ、彼ら」

真弓クンがため息をつくように言った。

航空自衛隊航空中央音楽隊の庁舎の一階、佳音と美樹が合同で使用している、各個練磨室の中だ。今朝、美樹が出勤してくるなり、すごい剣幕で佳音を各個練磨室に連れ込んだものだから、心配になって真弓クンも追いかけてきてくれたらしい。

――だって、あのカオスな状況で、何て言えば良かったわけ？

佳音はパイプ椅子に腰かけて、愛用のアルトサックスを抱き、半ばふてくされている。

ほぼひと月前――一月のことだ。ここ立川で開催された競技会に、沖縄の南西航空音楽隊から、渡会俊彦三等空曹と松尾光一等空士が参加していた。競技会が終わった後、庁舎の裏に呼び出された佳音は、ふたりから先を争うように告白された――というわけだ。

佳音は、後ろも見ずに逃げた。

――思いきり。

だってしかたがない。いきなりそんな、思いがけない愛の告白なんかされても。どっちを選ぶんだと聞かれても。だいたい、やつらはいま自分がどこで勤務しているか、ちゃんと理解しているのだろうか。沖縄だぞ、沖縄。佳音はあいかわらず立川にいるのだから、どれだけ遠距離恋愛になるか考えたことはあるのだろうか。

渡会たちは、翌日の定期便で那覇に帰り、佳音と顔を合わせる機会はなかった。

——そう、あれきりだ。

「はあああああ」

「ちょっと、鳴瀬先輩！　口からエクトプラズムが！」

真弓クンが駆け寄ってくる。

「使ったことのない神経を、ムリに使うからっすよ！　美樹先輩もこのへんにして、そろそろ合奏場に行かないと」

「あのねえ、真弓クン。ひとの心配もいいけど、あんたは例のヴィジュアル系バンドのドラマーに、連絡したの？　せっかく、向陽交響楽団の神楽さんが、わざわざ先方の許可まで取って、メールアドレスを教えてくれたのに」

はうっ、と何かに刺されたような声を上げた真弓クンが、よろよろと芝居がかって壁に張りつく。

「ム、ム、ムリっすよ～。どれだけ好きで尊敬してたと思ってるんっすか。そんな、気軽にメールなんてできるわけないっす。神様なんすから。いいんです、このまま、マイゴッドとしてひそかにあがめるだけっすから！」

「あらそう。ここにも、もうひとり、おめでたい人がいたわけね！　好きにしなさい」

美樹は、自分の楽器を抱えると、怒ったそぶりでぷいと各個練磨室を出て行った。なんでも、昨日の夜になって、沖縄から渡会が電話をかけてきたそうだ。あれから佳音が何の連絡もよこさないので、思い余って美樹にかけたらしい。あれこれ様子を尋ねていたというのだが——。

——美樹、真剣に怒ってたなあ。

よくよく考えると、美樹が怒るのは理不尽な気もする。だって、渡会と佳音の問題だ。渡会が美樹に相談したというのは、わからないではないけれど、だからってどうして美樹が怒るのだ。

「鳴瀬先輩、さあ、行きますよ！　もうすぐ十一時ですからね！」

真弓クンが時計を見て飛び上がった。

どうも、割り切れない気分だ。

佳音は、真弓クンに引きずられるように廊下に出た。今日と明日の二日間、航空中央音楽隊は、庁舎の合奏場で、ＣＤ録音用の演奏を予定している。ジブリ映画を彩った数々のヒット曲を、吹奏楽向けにアレンジして演奏するのだ。ＣＤの発売にあわせ、楽譜も出版される予定だった。

　合奏場の手前に、ミキサー室と録音ブースがあり、録音ブースには今日、録音機材が山のように運びこまれている。

　佳音は音楽隊で、何度かCDの録音を経験した。演奏会とは別の緊張感があるものだ。演奏会はリアルタイム、その場かぎりだが、CDは形になって残るものだ。その分、多くの人に届けることもできる。

「おはようございまーす！」

　合奏場では、朝からピアノや大型楽器の設置をしたり、譜面台やマイクを準備したりで大忙しだった。CD制作会社のスタッフの女性が、元気よく合奏場の前で声をかけている。

「おはようございます！」

　佳音も空元気で挨拶を返し、合奏場に入った。朝から腑抜けた顔をしているわけにはいかない。本当は、自分の顔をぴしゃりと叩いて気合いを入れたいくらいだったが、ここでは人目が多すぎる。今日の録音に参加する隊員の八割が、楽器を抱えて集まっている。

「あら、おはよう。鳴瀬さん、長澤さん」

　安西夫人あらため、狩野夫人こと、狩野庸子《ようこ》三等空曹が、フルートを膝に載せてにっこり手を振った。

そう、彼女はめでたく育児休業期間が終わり、航空中央音楽隊に戻ってきたのだ。娘のひろこちゃんを預かってくれる託児所が見つかり、復帰した狩野夫人のうるわしい笑顔はますます光り輝かんばかりだ。

「今日、狩野さんは自宅っすか」

夫のカルロスこと狩野伸一郎《しんいちろう》は戦場カメラマンなのだが、現在のところ、夫人の説得が功を奏したのか、シリアから戻った後は国内の仕事で満足しているようだ。

「あの人、家になんかほとんどいないのよ。今週は、四国の限界集落を撮影しに出かけたわ。この前は、九州の原子力発電所の撮影に行ってたし」

狩野夫人が肩をすくめる。

——なるほど、それもある意味、戦場と呼べなくもないか。

限界集落にしても原発にしても、さまざまな思想と意見がぶつかりあう場だ。一度、自分のそばにロケット弾が落ちてくるような経験をしてしまうと、ごく当たり前の穏やかな生活に戻るのは難しいのだろうか。赤ん坊が生まれても、カルロスは自分が抱える問題意識を棚上げすることはできなかったようだ。

席に座ると、ひとつ向こうの席で美樹がテナーサックスにクリーニングスワブを通していた。

「美樹さあ、いいかげんに怒るのやめてよ。だいたい、どうして美樹が怒るのよ」

むっとした表情でこちらを見る。周囲に聞こえないように、さっと隣の席に移動してきた。まだ目が怒っている。

「どうしてって、何かあるたび、あたしに電話してくるのよ、あいつ。そのくせ、先月告白したことはあたしに黙ってたし。そう言えば、あんたも黙ってたわね」

——ははん、そういうことか。

佳音はようやく納得した。地獄耳を誇る美樹は、自分が完全に蚊帳《かや》の外だったのが、面白くないのだ。

「まあそれは、いいじゃない。何もかも話さなくたってさ」

「渡会のやつが、いつからあたしたちに相談してたか知ってる？」

美樹の言葉に、佳音はぎくりとして身構えた。いつからって——いつからだ？

「もう二年は相談に乗ってたんだからね、あたしたち」

「うえええ。ちょっと待った、あ、あたしたち？」

「夫人と真弓クン、斉藤君も！」

「うえええええ」

もはや、青ざめるしかない。渡会のやつ、こちらの目が届かないところで、なんということをしていたのだろう。

「鈍感にもほどがある」

美樹は冷たく言い捨てて、自分の席に戻っていった。

「おはようございます！　今日もええお天気でしたね」

美樹と佳音の間に、志賀《しが》空士長が腰を下ろした。渡会の代わりに入ったアルトサックス奏者だ。関西人で、言葉のはしばしに関西風のイントネーションがにじむ。

「今日、めっちゃ好きな曲ばっかりなんですわ。頑張ろうっと」

志賀がにこにこしながら言った。彼が間にはさまったおかげで、美樹とはしばらく冷却期間をおくことができそうだ。

——鈍感とか言われたってさ。

だいたい、渡会のやつがはっきり自分に言わなかったのがいけない。これまで渡会が、佳音に告白めいたことをしたことなんか、一度でもあっただろうか。

佳音は小首をかしげ、記憶の小道をたどった。鳥頭《とりあたま》と呼ばれるのは伊達ではない。どうも記憶があいまいだ。高校時代から、渡会とはいい友達だったという感覚しかない。音楽隊で再会した後も、仲はすこぶる良かったと思う。向こうは佳音をキャノン砲などと呼んだし、こちらは渡会をゴリラとからかったりして、遠慮のない仲だった。しかしそれは、愛とか恋とか名づけるような、甘ったるい感覚ではなかったはずだ。

――ん？　ひょっとすると、何かあったのかな？　告白された記憶はないけど、それに近いことはあったの？

――いや、やっぱりないだろう。

「おはよう」

制服姿の隊長が現れたので、みんないっせいに立ち上がった。今日の指揮は隊長が執る予定だ。

「そろそろ時間だから、始めようか。もう準備できてるよね。マイク、入ってます？」

スタンドマイクに話しかけると、スピーカーから『入ってます、いつでもいけますよ』という男性の声が流れてきた。録音ブースでスタンバイしている音楽監督の声だ。

「それじゃ、さっそく一曲目のジブリメドレー、行きますか」

『お願いします』

今日と明日の録音スケジュールは、タイムテーブルとして周知されている。この二日間で、十三曲を録音する。二日とも、メドレーなど長尺の曲を先に演奏し、短めの曲を後回しにしてあった。長い曲は集中力を必要とするし、録音のテイク数も多くなりそうだ。収録時間が延びないようにとの深謀遠慮《しんぼうえんりょ》だろう。

録音は、航空中央音楽隊のメンバーに、外部から七人のゲストプレイヤーを迎えて行う予定だ。

楽譜はひと月以上前に受け取り、練習も積んでいる。今日は、音楽監督と編曲を行ったアレンジャー、録音スタッフらを迎えて、方向性を調整しながら演奏するのだ。

一曲目のメドレーが終わるころには、佳音の脳裏から、渡会の件はとりあえず消え失せていた。今ここで、ぐずぐずと悩んでいてもしかたがない。

「はい、みんな録音ブースに移動、移動」

一曲終わると、楽器をその場に残し、ぞろぞろと移動する。録音ブースで今の演奏を聞き、全体のイメージをつかみ、どう修正すべきかを自分なりに検討するためだ。

その後、音楽監督とアレンジャー、指揮者の隊長とコンサートマスターが録音ブースに残って、細部の打合せを行う。彼らの間で話し合われた内容を、指揮者から全体にディレクションとしてフィードバックし、本番の録音が始まるという流れだ。

佳音も、楽器を置いて録音ブースに向かった。録音ブースはそれほど広い部屋ではないうえに、今日は長テーブルを並べて、スピーカーに合奏場を映す大型のモニター、ミキシングの装置などがずらっと載っているので、よけいに人間の入る余地がない。奥の長椅子などに腰を下ろしても全員は入りきらず、佳音も扉の外から室内を覗く形になった。

ミキシング装置に向かう、いかにもエンジニア風の音楽監督と、そのすぐ後ろの席に座った編曲者とは、先ほど挨拶したばかりだ。監督の隣に座るアシスタントや、スタッフ、おおらかに隊員らと言葉を交わしている制作会社の社長とも面識がある。

——あれ。

長椅子に腰を下ろした私服の若い女性には、全然見覚えがなかった。一瞬、中学生ぐらいかと思ったほど、小柄で華奢な体形をしている。さらさらのロングヘアにベレー帽をかぶり、レンガ色のジャケットに、クリーム色のパンツという服装で、あか抜けた印象があった。外はまだ寒い。

「——あの人、誰でしたっけ？」

佳音は、隣にいた主水之介《もんどのすけ》こと、トランペットの安藤をつついた。

「漫画家さんだよ、ほら。今日、録音の取材に来るって言ってただろ」

「ああ——」

たしかにそんな通達があったのだが、なにしろ渡会のことで朝から美樹に責めたてられていたもので、すっかり忘れていた。たしか、ペンネームは——朝霧《あさぎり》マイカ。あまり漫画を読まなくなって久しいので、名前を聞いた後、スマホで検索してみたのだ。少女漫画らしいソフトな絵柄で、任侠《にんきょう》ものや激しいアクションを描いて人気があるそうだ。

視線を感じたのか、マイカがこちらを振り向いた。漫画家というより、アイドルではないかと思うくらい、可愛い女性だ。真っ赤なセルロイド縁のメガネをかけている。それがまた、彼女自身が漫画に出てきてもおかしくないような、雰囲気を醸し出している。

——渡会もさあ、ああいう娘さんに告白すればいいのにさ。

もし今ここに渡会がいれば、うかつにもそんなことを口走ってしまったかもしれない。

佳音はハッとして、自分の頭を軽く小突いた。

——いけない、いけない。

美樹から叱られたばかりだ。こういう冗談を言うからいけないのだ。渡会の告白を、まじめに考えていないように見えるのだろう。

——いや、まじめに考えようとはしてるんだけどさ。

今ひとつ、乗り切れないというか、盛り上がらないのは、渡会と自分の高校時代から今にいたる腐れ縁のせいだろう。もう十年以上のつきあいだ。古女房みたいなものではないか。いや、つきあってないし、ただの友達だけど。日本語って本当にややこしい。

一曲目のメドレーがスピーカーから流れて、佳音はそちらに意識を集中した。ひとりで練習するときも、録音して自分の音を聞いてみると思いがけない発見があったりするが、合奏はまたひとしおだ。聞いているうちに、冒頭はもっと歯切れがいいほうが良かったかなとか、指揮者からの指示がだいたい想像できて、修正の方向性が見えてくる。

「はい、それじゃ合奏場に戻って」

指示されるまでもなく、曲が終わると隊員たちは合奏場に戻っていった。去り際にちらりと覗くと、朝霧マイカは、ずいぶん熱心にアレンジャーや監督の手元を見つめているようだった。漫画家というのは、情景を絵にするのだから、きっと視覚的な記憶力もすごいのだろう。


「でも、悩みぐらいありますよね。女性ならではの悩みが、きっと！」

ずい、と近づいてきた綺麗《きれい》な顔に、佳音はたじたじとソファの上で後じさる。

「いや――な、悩み？」

朝霧マイカが、力強くうなずいた。

お昼の休憩時間だ。朝霧マイカのリクエストで、お弁当を食べながら、女性隊員の日常生活について話すことになったのだった。少女漫画家の取材なんて初めてだから、緊張することはなはだしい。

「そんなの、ムリ、ムリ。この子に聞いたって無駄ですって。だって、佳音は悩まないですもん」

隣に座った美樹が、食べ終えた弁当箱を片づけながら、ぶんぶんと手を振る。マイカが、そちらを向いた。

「まさかそんな、まったく悩みのない人間なんていませんよ。もし、そう見えるとしたら、悩まないふりをしてるんです。ねっ、そうですよね、鳴瀬さん？」

「い、いや――」

――何をどう言えば。

もちろん佳音だって悩むことはある。もっか、いちばんの悩みは渡会だ。この際、お調子ものの松尾光は論外だった。あれはおそらく、渡会が告白したものだから、調子に乗って事態を引っ掻き回そうとしているのに違いない。もし松尾まで本気で自分に恋をしているなどと言うのなら――佳音にはもう、何が起きているのか理解不能だ。

「女性ならではの悩みなら、佳音より狩野夫人に聞けば良かったんだけどね。育児と仕事の両立とか、旦那の操縦法とか、いろいろ話してくれたでしょうに。だけど、今は別の仕事があって、来られないのよ」

美樹が横から助け舟を出してくれる。あんなにぷりぷり怒っていたくせに、持つべきものは友だ。

「ワークライフバランスですか。ううーん、それは確かに非常に聞きたかったですね――

では、そちらの吉川さんはいかがですか。お仕事をされていての悩みとか」

「な、悩み？」

突然、矛先が自分に向いたので、美樹が辟易《へきえき》したような表情になった。佳音は悩まないと馬鹿にしたように言っていたが、美樹だって深刻な悩みなどないのだ。もっとも、美樹の場合は、悩む暇があるならさっさと行動に移して、問題を解決してしまうからだろう。

「そ、そうねえ。ま、私たち、女性隊員が音楽隊に配属されるようになってから、まだそれほど経っていないから、いちばん年長の女性でも四十代になったばかりなのよね。だから、これから自分自身がどんなふうに成長していけばいいのか、ロールモデルになる人がいないというのは、あるかな」

「なるほど、ロールモデルの不在ですね！　それは民間企業の女性社員の間でも、よく悩みとして取り上げられます」

マイカが真剣にメモを取り始めた。

「とはいえ、音楽活動に男女差があるわけではないので、男性の先輩でも、充分にロールモデルになるんだけどね。たとえば、外部のコンクールに参加して腕を磨く人もいるわけですよ。だけど、私はそこまで自分の演奏に自信があるわけじゃないし」

美樹が急いでそう付け加えたのは、これ以上、突っ込んで聞かれないように、予防線を張ったのだろう。こういう、当意即妙な答えを用意できるあたり、美樹はさっさと幹部になればいいのにと思うところだった。意外と似合うような気がする。

「それよりほら、漫画家さんって珍しいよね。何年ぐらい続けてるんですか」

マイカがきゅっとメガネを指で押し上げ、首をかしげた。

「珍しくはないですけど——。何年かしら——たぶん、十五年くらいですね」

「十五年？」

てっきり二十代後半で年下だと思っていたのだが——年上か。

「私、見た目よりは年齢がいってますから。十五年前に新人賞を取って一度デビューしたんですけど、しばらく仕事を休んで、それからまた新人賞に応募してデビューして——の繰り返しなんです。ちまたでは、賞金稼ぎのマイカと呼ばれています」

「しょ、賞金稼ぎのマイカ？」

美樹と佳音の驚く声がハモった。

「ハイ。何度も繰り返し新人賞を取って、賞金を稼ぐものですから——フフフ」

マイカが赤いルージュを引いた唇でにやりと笑う。今日、録音する曲に、『ルージュの伝言』が含まれていることを思い出した。それほどの年齢でもないのに、なかなかの貫禄だ。漫画家の賞金稼ぎなんてものが存在するとは知らなかったが、ちょっと興味が湧いた。

「今日って、おひとりで来られたんですか」

「ええ。本来は漫画雑誌の編集者と一緒に来るはずだったんですけど、彼はひどい風邪をひいたらしくて。風邪が流行《はや》ってるのかしら」

やれやれと言いたげに首を振る。風邪ならしかたがないと佳音などは思うのだが、意外とマイカは体育会系っぽくて、肝心な時に体調を崩すなんて、なっとらん！　と言いだしそうだ。当の編集者が気の毒にも感じた。

——風邪、流行ってたっけ？

音楽隊では、風邪をひいたという話は聞こえてこないのだが。インフルエンザも今年はほとんど聞かなかったようだ。

「皆さんには漫画家の商売が珍しいかもしれませんが、私には逆に、音楽家のものの考え方や感じ方が珍しいんですよ。私は楽器をたしなまないのですけど、さっき、打合せが終わった後で、指揮者からいくつか指示が出たじゃないですか。で、実際の演奏が始まると、最初の演奏とはまったく雰囲気が違ってましたよね。ああいうの、どうしてできるんですか？」

いかにも不思議そうな彼女の質問に、おお、と佳音は美樹と顔を見合わせた。こういう対応は美樹のほうが得意だ。

「なんて言えばいいのか——あらかじめ自分のなかで、いろんなパターンの吹き方を用意してるんです。で、指示に合わせてどれを選ぶかの問題なんですけどね。メンバーはみんな気心が知れてますから、指示が出た時の対応も慣れてますし」

「そうなんですね」

言いながら、マイカの目がきらりと光る。

「実は私——今日は、皆さんを見込んで、お願いしたいことがあって参りました」

妙にあらたまった様子で切りだされ、「え」と呟いたまま、佳音は目を瞠《みは》って固まった。

「皆さんは、航空中央音楽隊の安楽椅子探偵《アームチエアディテクティブ》と呼ばれているそうですね」

一瞬、不穏な沈黙がその場を支配した。

「——何ですって？」

「ごまかさなくてもけっこうです。世間ではその名前で有名だそうじゃないですか」

「いやいやいや、全然、有名じゃないです」

「いったい誰がそんないいかげんなことを！」

——冗談ではない。

たしかに、音楽隊の内部では、美樹が冗談まじりにそんなことを口走っていたが、今日初めて会う部外者からそんな言葉を聞かされるとは、青天の霹靂《へきれき》だ。

冷や汗をかきながら口々に否定を試みる佳音と美樹に、マイカは「知ってるんだから」と言わんばかりに、にっこり笑った。

「カメラマンの狩野さんという方です」

「カ、カルロス！」

夫人と結婚する前のことだが、カルロス狩野に相談され、亡き親友が彼に送った絵葉書の謎を解いたことがある。彼はそれを覚えていて、マイカによけいなことを話したらしい。

「少し前のことですが、雑誌のポートレイトを撮影してくださったカメラマンが、狩野さんでした。撮影の合間の雑談で、私がある謎についてつい愚痴をこぼしたところ、彼が音楽隊にすばらしい女性探偵のチームがいるから、相談してみるといいと教えてくれたんです。しかし、お仕事柄、直接お会いするのはなかなか難しそうじゃないですか。それで私、いろいろ考えて、音楽隊の漫画を描こうと思い立ちまして」

「いやいやいや、すばらしい女性探偵って、あたしたちそれほどでも」

「ちょっと、美樹！　なに嬉しそうに頬を赤らめてんのよ！」

「まあまあ佳音、いいじゃないの。あたし、演奏者としてはともかく、探偵として認められたのは生まれて初めてなんだから！」

——そんなもの、認められなくてもいい。

まったく、カルロスは何を他人に吹聴《ふいちょう》してまわっているのだろう。ていうか、戦場カメラマンのくせに、そんな普通の仕事までやっていたのか。悩みを解決するために、漫画の取材を申し込むとは、マイカの行動力も並ではない。だいたいそれ、カルロスから狩野夫人に頼んでもらったほうが早かったのではないだろうか。

「それで、お願いがあるんです。私は、明日には仕事に戻らなければなりません。今日は、アシスタントに仕事を任せて出てきたんです。いったん戻ると、締め切りが近いものですから、袋のネズミのように外出を禁じられることは確実です。今夜のうちに、この近くでお目にかかって、お食事でもしながらお話しできませんか」

「袋のネズミって――」

佳音たちは啞然《あぜん》として、マイカを見つめた。

「お願いします。謎を解くのに協力していただけませんか」

美樹が、ハッと時計を見上げた。いつの間にか、談話室から人影が消えている。休憩時間の終了が迫っていた。

「わあ！　もう行かなくちゃ」

美樹が、そそくさと立ち上がる。次の曲は、『平成狸合戦ぽんぽこ』からのメドレーだ。今日はそれに『カリオストロの城』からのメドレーや、『魔女の宅急便』から『ルージュの伝言』『やさしさに包まれたなら』などの曲を録音することになっていた。

それぞれに編曲者が異なるため、録音スケジュールにあわせて、編曲者も入れ代わり立ち代わり、来てくれることになっている。彼らを待たせてもいけない。

「あ――」

「ごめんね、もう休憩時間が終わるので。それに私たち、勝手に外出の約束はできないんです。土曜日だけど明日も仕事があるし、外出許可を取らないといけなくて」

マイカはまだ何か言いたそうだったが、佳音も彼女を振り切って立ち上がった。

――やばい、やばい。

すでに自分の悩みだけでいっぱいいっぱいだというのに、この上、他人の悩みを抱え込んでどうする。

マイカがこちらを見送っているので、かすかに罪悪感を覚えながら、佳音は階段を駆け下りて、合奏場に逃げ込んだ。まったく、カルロスもよけいなことをしてくれる。

午後の録音も順調に進み、ほんの少し前倒しに一日目の全スケジュールは終了した。ほっとするが、明日もあるから気は抜けない。

「明日もよろしく――！」

監督たちに手を振り、事務仕事に戻ろうとした時、隊長と賞金稼ぎ――もとい、朝霧マイカが何やら話しこんでいるのに気がついた。

——いやな予感がする。

「おーい、鳴瀬！　吉川も！」

案の定、隊長がこちらに手を振っている。だいたい予測がついて、気まずい笑みを貼りつけて、のろのろと歩み寄った。

「君らふたりとも、今日の夜、朝霧先生の取材、受けられるかな？」

——やっぱりか。

「で、でも、自宅に帰れる吉川三曹はともかく、私は外出許可申請も出してませんし——」

ここは、抵抗を試みるに越したことはない。

「大丈夫、特別に素早く許可するから。くれぐれも、鳴瀬はおっちょこちょいネタを提供しないように。そろそろお前も先輩なんだから、立派なところを後輩に見せられるようにな。頼んだよ！」

美樹とふたりで顔を見合わせる。マイカがにっこり笑い、ピースサインを送ってきた。

彼女に、してやられたようだ。

「――で、あなたはどうしてそんな、よけいなことを他人にべらべら喋ったのかしら？」

久々に、狩野夫人のひんやりした怒りが炸裂している。夫人はもともと、怒りっぽい性格なのだが、結婚して子どもができ、少しは円満になったようだったのに。

二月の立川は、夜になると冷える。佳音は、指定されたイタリアンレストランの前で美樹と肩を寄せ合って震えながら、夫人の電話が終わるのを待っていた。電話の相手はもちろんカルロスこと狩野カメラマンだ。四国の限界集落を取材しているという話だったが、国内では夫人の電話攻撃から逃げることもできなかったか。

「何か問題が起きたら、責任を取れるの、あなた？」

夫人が目を吊り上げている。

――ああ、怖い。

佳音はできるだけそちらを見ないように、そっと美樹の肩に顔を埋めた。

「あのさあ、佳音。しつこいようだけど、渡会の件は真剣に考えたほうがいいよ」

美樹の声が降ってきた。こっちも鬼門だったらしい。

「わかってるけどさ」

「いーや、わかってない。あんたね、いつまでも渡会が待っててくれると思うなよ。ちゃんと聞いてる？　あたしが聞いた噂《うわさ》では、南西航空音楽隊の清水絵里ちゃんが、猛烈にアタックかけてるそうよ。渡会も、まんざらでもないらしいじゃない。ぐずぐずしてると、トンビに油揚げをさらわれるよ」

もちろん、佳音も沖縄に業務支援で行った時に、清水絵里から直接、渡会に対する恋心を打ち明けられ、あまつさえ牽制されたのだから、状況はよく知っている。しかし——。

美樹がため息をついた。

「だいたい、渡会のどこが気に入らないの？　もしつきあう気がないのならさ、早いとこあいつをリリースしてやんなさいよ。あんたにいつまでも引っかかって次に行けないんだから、渡会が気の毒じゃん」

「気に入らないとか、そんなんじゃないけどさ」

「それじゃ、何なのよ？」

レストランのドアが勢いよく開いて、マイカが顔を見せたので、佳音は美樹の詰問からどうにか逃れることができた。カルロスも、夫人の電話攻撃からいったん逃れたようだ。

「あれ——三人ですか」

「突然お邪魔しまして申し訳ありません。狩野の家内でございます。その節は、狩野がお世話になりまして」

夫人が通話を切りながら、嫣然《えんぜん》と微笑《ほほえ》んで頭を下げた。とても、今しがたまで当の旦那を電話で激しく非難していたようには見えない。マイカが目を瞠った。

「狩野さんの奥様でいらっしゃいましたか。それではぜひ、奥様にも聞いていただかなくては――」

「わたくし、彼女らのお目付け役も兼ねておりますので」

ほほほと夫人が涼しく笑った。もちろん、事態を美樹から聞いて、夫人がすぐ隊長に直談判し、取材の場に自分が同行すると申し出たのだった。美樹と佳音だけでは心もとないと思われていたのか、隊長にももちろん異議はない。

「個室を用意してもらいました。こちらへどうぞ」

マイカが指定したのは、美味《おい》しいものに目がなくて、やたら店にも詳しい美樹ですら知らなかったレストランで、店の内装や雰囲気を見たとたん、美樹はスマホにメモを取り始めた。行きつけの店に加えるつもりだろう。

「でも、狩野カメラマンとお目にかかった時も驚きましたけど、本当に美男美女のご夫妻ですね。あの、ちょっとだけ、スケッチさせてもらってもかまわないですか？」

いきなりスケッチブックを取り出したかと思えば、マイカはさらさらと夫人の顔を素《そ》描《びょう》しはじめた。

「わあ――」

一瞬、むっとした表情を見せた夫人も、真っ白なページにみるみるうちに浮かび上がるデッサンを見て、不満の色を消した。マイカの絵は、夫人の特徴をしっかりとらえつつ、見た瞬間に恋に落ちてしまいそうな、濃厚な誘惑の気配を漂わせている。

「——私、もう人妻なんですけど」

できあがったスケッチを見せられ、夫人が困惑しつつも頬を染める。マイカはりりしく眉を上げた。

「人妻がなんですか。とってもお美しくていらっしゃいます。もっと描きたいくらいですけど、このへんで」

——この特技、私も欲しかった。

あのうるさがたの夫人を一発で黙らせるとは、朝霧マイカ、ただものではない。

「——ええと、ごほん。それで、私たちにご相談があるとおっしゃった件ですが」

美樹がおそるおそる口を挟む。夫人が自分の素描に見とれている間に、用件を進めてしまいたいのかもしれない。

「ええ、その件なんですけど」

マイカは手回し良く、コース料理を頼んでおり、次々に皿と飲み物が運ばれてくる。明日もあるので、佳音は甘口の軽い飲み物を頼んだ。湯気を上げているパスタ、とろとろのチーズがかかったピザなど、料理はどれも美味しそうで、目移りする。冷めないうちにと勧められるまま小皿に取り、いただきまーすと唱和してピザに齧《かじ》りついた時だった。

マイカがぐいとメガネを押し上げた。

「私、ストーカーにつけられている気がするんですよね」

三秒間、停止。

「――え？」

「ストーカーです。ここ二か月くらい、ずっと誰かにつけられている気がするんです」


それはまずい。いくら何でもまずい。

そもそも、ストーカーなどという悪質な問題は、素人探偵などではなく、警察に相談すべきだ。カルロスも罪作りなことをする。マイカがカルロスに相談したのは先月のことで、音楽隊に名探偵がいるなどと聞いたものだから、彼女はそれからひと月も我慢して、佳音たちに話を持ち込んだというのだ。――そんな馬鹿な。

「だめですよ、ストーカーだなんて、すぐに警察に行きましょう！」

「そうですよ、ストーカー事案を舐めてはいけません。とんでもない事件に発展する恐れもありますから。まったく、うちの亭主ときたら、馬鹿な提案をして！」

美樹と夫人が血相を変えて言い募る。

「わあ、夫人、立て続けにカルロスさんを電話で責めちゃいけませんよ！」

「そうですよ、いくらカルロスさんでも、世をはかなんだりしたらどうするんですか！　ひろこちゃんのためにも、こらえて！」

そこまでの反応を予想していなかったのか、マイカが両手を挙げ、「まあまあ」と夫人を制止した。

「まずは話を聞いてください。ストーカーというのは、私の言い過ぎかもしれません。要するに、わけのわからないことが起きるんです。誰かが私をつけていると考えれば、つじつまがあうんですけど。というか、どちらかと言えば、ストーカーに守られているような感じがするんですけど」

佳音たちはきょとんとして、マイカを見つめた。

──ストーカーに守られる？

そんな話は初めて聞いた。

「──どういうことですか？」

「まあ、まずは召し上がりながら聞いてくださいね」

マイカは自分もカルボナーラのパスタを皿に取り分けた。彼女も、佳音や美樹たちに負けずおとらず、食欲旺盛なようだ。いっそ気持ちがいいくらいに、美味しそうに食べ物を口に運んでいる。

「私が初めて変だなと自覚したのは、さっきもお話ししたように、二か月前のことでした」

漫画という形で物語をつむぐせいか、マイカの話しぶりは整然としている。

その日、彼女は神田《かんだ》にある出版社の会議室を訪問していた。連載が始まったばかりの月刊誌の編集者と、翌月の原稿のネームについて打合せをするためだった。

「打合せが無事に終わったので、編集者に見送られてビルを出て、地下鉄の駅に向かったんです」

「えっ、漫画家さんも地下鉄に乗るんですか。てっきり、タクシーかと思ってました」

佳音のよけいな合いの手に、マイカが目を細めた。

「いまどき、よほどのビッグネームならともかく、普通の漫画家がそんな贅沢《ぜいたく》はしませんよ。だいたい、私の自宅兼仕事場は、町田《まちだ》ですし」

それは、タクシーに乗ったら大変なことになりそうだ。マイカの説明は続く。

「私、地下鉄の駅で、お手洗いを使ったんです」

彼女がトイレを出てしばらくして、女子トイレの方角に駅員と警察官が駆けつけるのが見えた。誰か倒れたか、痴漢でも出たのだろうかとその時は思い、そのままホームに入ってきた列車に乗ったそうだ。

「でも、次の日の新聞を見て、何があったかわかったんです」

マイカの目が厳しくなる。

その日、その駅の女子トイレで、盗撮用のカメラが見つかったのだった。警察官が呼ばれ、大騒ぎになったという。発見したのは女子トイレを利用した女性客で、背の高い女性でなければ気づかないような換気口に、小さなデジタルビデオカメラが仕掛けてあったそうだ。

「そのトイレには個室が三つありまして、私が使った個室かどうかは、はっきりしないんですけど」

それでも、ひょっとすると自分のそんな姿を撮影され、盗撮者に見られるところだったかもしれないと思えば、いい気分がするはずはない。想像しただけで嫌になり、佳音は身震いした。

「——ね、嫌ですよね。変な話を聞かせてごめんなさいね」

「いえ——。邪魔をしてすみません、どうぞ続きを」

マイカはビールをひと口飲み、話を続けた。アルコールにも強いようだ。

「不愉快な気分でしたけど、その事件はそれで忘れることにしたんです。でも、そういうことがあると、身辺に注意を払うようになるじゃないですか」

　マイカは、他人の気配に敏感になった。

　深夜、小腹が空《す》いて、仕事場から徒歩五分のコンビニに歩いていく途中、背後が気にかかる。誰かが、ずっと後ろをついてくるような気がする。仕事場に戻れば気配は消える。

　そんな状態が、この二か月、ずっと続いているそうだ。

「それは――深刻そうですね」

　美樹が眉をひそめた。

「ええ、まあ。だいたい、漫画家はほとんど自宅か仕事場にこもって仕事をしているので、外を出歩く機会なんて、編集者との打合せか、食料を買いに行くか、こうしてたまに取材に行くかするくらいなんですね。買い物だって、誰かに頼んじゃうことが多いくらいです」

　それはまた、かなり壮絶な引きこもり状態ではないだろうか。しかし、考えてみれば、仕事が終われば国立の自宅に帰る美樹と違って、女子寮とも呼ぶべき内務班に住んでいる佳音だって、ほぼ職場に引きこもっていると言えなくもない。佳音らの場合は、職場が演奏会などで全国各地を移動するので、閉じこもっている印象はあまりないのだが。

「ですから、外に出ることもほとんどないんですけどね」

「その――非常に言いにくいことですけど、盗撮事件のために神経過敏になられていて、背後に気配を感じてしまっている、という可能性はありませんか」

美樹が、聞きにくいことをずばりと聞いた。たしかに、佳音も内心ではその可能性を否定できなかったのだ。

マイカは冷静に、利発そうな目つきでうなずいた。

「そうおっしゃるのはもっともです。私も、何度も気のせいだと思おうとしましたから。『幽霊の正体見たり枯れ尾花』と言いますけど、こちらがおびえていると、見えるはずのないものが見えるものです」

彼女は軽く咳払いをした。

「実は、一度不安になって、深夜、アシスタントを買い物につきあわせたことがあるんです。その時は背後の気配をまったく感じなくて、彼女も私の気のせいではないかと言いました。仕事のしすぎだって」

「でも、そうではないという確信があるわけですね」

「もちろん」

あくまで真剣に彼女は首を縦に振る。

一昨日の雪の夜、マイカはいつものように、夜食を買うためにコンビニに行った。背後に強い気配を感じて何度か振り返ると、その夜はジャンパー姿の男性を見かけた。真っ赤なニット帽が、ひどく目立っていた。いやな気分がしながらも、無事に到着したコンビニで買い物をしている最中に、パトカーのサイレンが聞こえたそうだ。

「お店を出ようとすると、少し離れたあたりにパトカーが停まってましてね。中年の男性が、お巡《まわ》りさんに職務質問をされていたんです。その服装が、私が見かけたジャンパーとニット帽にそっくりで。思わず、お巡りさんに声をかけて、コンビニに来る途中、ずっと誰かにつけられたような気がしたと話したんです。そうしたら」

この数か月間、同じ地区で深夜に痴漢の被害届が複数あった。警察はパトロールを強化しており、今夜は巡回中に、コンビニの前に痴漢がいると匿名の通報があって駆けつけたところ、店の近くの路上で倒れているこの男性を見つけた。彼は夜の散歩中に、誰かに後ろから頭を殴られたと言っている――というのだ。

「その――その男性が、痴漢だったと？」

「ええ。結局、警察署に行って話すうちに、白状したそうです。その夜は、私の後をつけていたんですって。寒い日には、女の人の後をつけて、気分だけでも暖まるんだとかなんとか」

――なんと。

佳音は背筋が寒くなった。マイカの気丈さに感心するが、しかし話は終わっていない。

「それじゃ、ストーカーの正体は判明したんですよね。その男性だったたんでしょう?」

「それが、違うんです」

マイカは複雑な表情で首を振った。

「その痴漢の男性は、工場勤務で夜勤の帰りに行うことが多かったそうです。私も警察に協力して、自分が尾行された日付など知らせたんですけど、警察からは、勤務状況と照らし合わせたところ、痴漢の男性が私をつけた可能性があるのは、捕まった日の夜だけだったと言われました」

「それじゃ――」

「ずっと私をつけていたのは別人で、その人が一昨日の夜、痴漢の男性に気づいて、私を助けるために殴って気絶させ、警察に通報したんじゃないかと思うんです」

「なるほど、だから『ストーカーに守られている』――ですか」

美樹が呟く。なんとも不思議な話だ。

だいたい、そのストーカーは、何の目的でたびたび彼女の後をつけたりするのだろう。声をかけるわけでもない。ただ後をつけて、万が一の場合には助けてくれる。

「――おかしな話ですよね」

マイカがため息をつき、残っていたビールをぐっとあけて店員を呼び、みんなの分もあわせて飲み物を頼んだ。こういう、てきぱきしたところは美樹とも通じるところがある。

「先月、カメラマンの狩野さんとお会いした時には、ただ単に誰かに後をつけられている感じがすると愚痴ったんです。アシスタントは気のせいだと言って信じてくれないし、気持ちが悪くって。狩野さんは心配してくれて、皆さんに相談してみたらどうかと言ってくれたんです。その時点では、警察も動きようがなかったでしょうから」

佳音は美樹と顔を見合わせ、腕組みして首をひねった。夫人はマイカの隣で、ミモザのグラスをゆったり揺らしながら物思いにふけっている様子だ。ひろこちゃんの延長保育を頼んだと言っていたが、そろそろ心配になってきたのかもしれない。夫人だけでも早く帰らせてあげなくてはいけない。

「こんな雲をつかむような話ですけど、何か思いつくことがあれば、教えていただけませんか」

マイカが、真剣なまなざしをひたとこちらに向けた。美樹が、隣でもぞもぞと居心地悪そうに身じろぎした。

「あの――。すごくバカみたいな思いつきなんですけど、言ってみてもいいでしょうか」

じろりと美樹を睨んだのは、マイカではなく夫人だ。美樹がびくりと萎縮する。

「あら、吉川さん。バカみたいな思いつきは、どこまで行ってもバカみたいな思いつきにすぎないのよ」

夫人の笑顔が怖い。怖すぎる。結婚しても、子どもができても、夫人は夫人だ。

マイカが身を乗り出した。

「いえ、どんなささいなことでも聞いてみたいです。わらをもつかむというと、この場合あまりいい表現ではないかもしれませんけど——。教えてください、なんでもいいんです」

美樹が、夫人の苦虫を嚙み潰したような表情を窺い、口を開いた。今ごろきっと、脇の下に冷たい汗をかいているはずだ。

「あの——今日、本当は一緒に来られるはずだった編集者さん、ですけど」

「え、はい。彼がどうか？」

「いつからご一緒にお仕事されているんですか」

「二か月前から連載が始まったので、その少し前からですね」

わが意を得たりと美樹がうなずく。ははあ、何を考えているかわかってきたぞと、佳音もかすかに眉を上げた。

「ストーカー騒動が始まったのも、二か月前からですよね。そして、今日はひどい風邪をひかれているということですけど、一昨日の雪の夜に、マイカさんをずっと尾行して、見守っていたとすれば――」

つまり美樹は、編集者がストーカーなのではないかと考えているのだ。

「その、ストーカーとおっしゃってますが、お話を伺えば、マイカさんの見守り役って感じじゃないですか。編集者さんが、マイカさんのことが心配で心配で、夜も昼もずっと見守っている――なんてこと、ありませんか――ね……」

だんだん美樹も自信がなくなってきたらしく、最後のほうはごにょごにょと口の中に消えていった。ずっと冷ややかに睨んでいる、夫人の眼の圧力に負けたのかもしれない。

「それは――」

ぽかんと美樹を見ていたマイカが、突然、ぷっと吹きだした。笑いが止まらなくなったようで、くつくつと肩を震わせて笑いながら、目じりに滲《にじ》んだ涙をぬぐう。

「ああ――おかしい、笑ってすみません。せっかく考えてくださったのに――。吉川さんのアイデアを笑ったわけじゃないんです。その編集者さん、そういうタイプじゃないんですよ。すごくいい人ですけど、愛妻家で、小柄で痩せていて、私と体格もそう変わらないくらいで。痴漢から守るどころか、返り討ちに遭いそうなんです。それに、私をずっと尾行するのは、物理的に無理があるんです」

「物理的に——？」

「時間的にと言いかえてもいいです。彼はよく会社に泊まりこんで仕事をしているんですけど、たとえば夜中に尾行されながらコンビニから帰って、会社に電話するじゃないですか。いるんですよね、ちゃんと」

「そうか、会社は神田で、朝霧さんは町田に住んでいるんでしたね」

「そうなんです。かかった電話を、会社の電話機から携帯に転送しているわけでもありません。だって、話しているとすぐにデスクのパソコンを叩き始めて、職場にいるなとわかるんです。深夜なのに隣と会話したりもしますしね。だから、吉川さんの案は面白いですけど、現実には無理ですね」

「なんだ——そうでしたか」

美樹が珍しくしゅんとしょげた顔になった。それを見て気の毒になったのか、マイカが首をかしげて美樹の顔を覗き込む。

「いえ、こちらこそすみません。やっぱり、こんな話だけで、ストーカーの正体を突き止めるなんて無理な相談ですよね。皆さんの貴重なお時間をいただいたのに、本当に申し訳なかったです。だけど、真剣に話を聞いてもらって、なんだかすっきりしました」

「そう言ってもらえると、こちらもほっとしますけど――お役に立てず、こちらこそ申し訳ないです」

美樹が本気で申し訳ながっている。

テーブルの上の料理は、すっかり片付いていた。コース料理の最後はジェラートで、それぞれが好みのものを注文して、ぺろりと食べ終えるころには、ストーカーの話題から離れて、またマイカの音楽隊取材に戻っていた。どうやら、職業意識を取り戻したようだ。彼女の質問は、狩野夫人のワークライフバランスにも向かった。

夫人は、心ここにあらずの様子で、スプーンを指先でもてあそんでいる。

「そうね、仕事と家庭を両立させるには、たしかに夫の協力が必要でしょうね。だけど、家庭生活を支えるのは、それだけでもないのかもしれない。深い部分での信頼関係というか、お互いに相手のことを理解しあえているかどうかが、いちばん大切だと思うんですよ」

――夫人、かっこいい。

佳音はうっとりと狩野夫人を見つめた。もともと内務班で同室だった先輩で、クールでかっこいい人なのだが、戦場カメラマンとの大恋愛を経て結婚し、さらに凄《すご》みを増した気がする。

マイカの取材は午後八時半には終了し、彼女らは店の前で別れた。

「何か気がついたことがあれば、連絡しますね」

美樹が再び安請け合いしたが、マイカはあまり期待していないようだ。頭を下げつつ、にこにこ笑って手を振り、駅に向かって立ち去った。

「――うまくストーカーの正体がつかめたらいいですね」

「――ええ、そうね」

夫人はやっぱりどこか上の空で、妙にぼんやりした表情でうなずくと、ひろこちゃんを託児所に迎えにいく時間だからと、急ぎ足で帰っていった。

――明日もまた、録音がある。

その電話がかかってきたのは、午前中に『崖の上のポニョ』や『紅の豚』のメドレーを録音し、昼食をとっている最中だった。

「ねえ、昨日、朝霧先生とご飯食べに行ったのって、鳴瀬さんたちだよね？」

広報担当の五反田二等空尉が、浮かぬ顔で近づいてきたので、佳音は楽器を手入れする手を止めた。

「そうですよ。狩野さんと吉川さんも一緒でしたけど」

「その時、朝霧先生に変わった様子はなかった？」

五反田二尉が声をひそめて尋ねたので、どきりとした。なにしろ、昨夜は奇妙なストーカーの話を聞かされたばかりだ。

「どういうことですか？」

「出版社の人から電話で問い合わせがあったんだけど、昨日の夜、どうも自宅に帰ってないみたいだって。今朝になっても居場所がわからなくて、携帯に電話しても出ないんだって。心配されていたよ。最後に会ったのが鳴瀬さんたちみたいだから、聞いてみると言って、いったん電話を切ったんだけど」

その出版社の人とは、マイカが話していた、小柄で痩せていて愛妻家の編集者のことだろうか。大人になった一休さんを彷彿《ほうふつ》とさせる五反田は、困ったように剃り上げた頭を撫でた。

給湯室にいた美樹も呼んで、昨日は午後八時半には別れたことを説明した。マイカはまっすぐ自宅に帰ると言っていた。

「あの、気になるとしたら、朝霧さんが話していたストーカーなんですけど」

美樹がおずおずと言いだす。

「ストーカー？」

「ストーカーという言葉が正確かどうか、話を聞いて疑問に思ったんですけどね。ここしばらく、夜間の外出のたびに誰かにつけられていたというんです。昨日はそれを不安に思って、意見を求められたくらいで」

「それは——たいへんなことじゃないか」

——でも彼女は、ストーカーに「守られている」と言っていたのだ。

喉元まで出かかった言葉を、佳音はぐっと呑みこんだ。なぜだか、朝霧マイカの身に悪いことが起きたような気はしない。だって彼女は、その何者かに「守られて」いるはずなのだから。

マイカが姿を消したのだとすれば、それは本人に、何か思うところがあったのかもしれない。だけど——。

「あら、どうしたの?」

狩野夫人が、書類を抱えて事務室から出てきた。佳音らが集まっているのを目ざとく見つけ、不審そうに近づいてきたのは、佳音と美樹という、「いつもの問題児たち」だったからだろう。

「朝霧さんが、あれから自宅に帰ってないそうです」

夫人の顔色が、さっと変わった。

「それを知らせてきたのは誰？」

「出版社の人だそうです」

「朝霧さんの仕事場には誰かいる？」

「さあ、それは――」

「誰か、朝霧さんと名刺交換しませんでしたか？」

夫人の剣幕に慌てたように、五反田二尉が自分の名刺入れからマイカの名刺を取り出した。愛らしいイラスト入りだ。電話番号を一瞥《いちべつ》すると、夫人が自分のスマートフォンで電話をかけ始めた。

何度か呼び出し音を聞いた後、相手が出たようだ。

「お世話になっております、航空自衛隊の航空中央音楽隊に勤めております、狩野と申しますが、朝霧マイカ先生はご在宅でしょうか」

夫人が黙って相手の言葉に耳を傾けるのを見ているだけで、手のひらに汗が滲んできた。スピーカーホンにしてほしいくらいだ。

「それでは、昨夜から戻られた形跡がないと――。連絡もつかないのですね。あなたは、朝霧先生の？　ああ、アシスタントをされている方ですか。アシスタントは何人いらっしゃるんですか。え、おひとり？　ひょっとしてあなたは、背が高いほうですね？」

狩野夫人の唇に、微笑が浮かんだ。何もかも包みこむような、あでやかな笑みに、佳音は一瞬うっとりと見とれた。

「――それでは、あなただったんですね」

美樹も、五反田も、佳音も、夫人が何を言いだしたのかと、彼女の唇を見守った。

「私、知ってます。あなただったんだわ。朝霧先生をずっと陰から見守っていたのは」

――なんだって。

唖然とする。夫人は、ストーカーの正体がわかったのだろうか。昨日、マイカから聞いた、たったあれだけの話で。昨日は美樹の推理を聞いていただけで、何も言おうとしなかったのに。

電話の相手は、しばらく無言で言葉に詰まっていたようだ。

「――ああ、大丈夫だから、そんなに泣かないで。あなたを責めたりしませんから。そう言えば、風邪はもう大丈夫かしら。たぶん、朝霧先生も気がついたんだと思いますよ。――ええ、心配しないで。おそらく、今は気持ちが動転しているだけでしょうから。自分を傷つけたりする心配はないと思います。きっと、どんな顔をしてあなたに会えばいいのか、わからなくなったんだわ。あなたは気持ちを強く持たなくてはね。思い詰めてはいけませんよ、いいですね。――ええ、しばらく後にかけ直します。朝霧先生がこんな時、どこに行かれる可能性があるか、その間にじっくり考えてみてもらえませんか」

夫人の声は、天使のように柔らかく、優しかった。そうだ、思い出した。夫人はいつも誰にでも容赦なく厳しいけれど、傷ついた相手には、心の底からいたわりの手を差し伸べることができる人なのだ。

通話を切った夫人を、佳音たちはまじまじと見つめた。

「——あなたたちは、本当になんにも気がつかなかったの？」

呆れたやつらだと言わんばかりに、夫人が尋ねる。

——ええ、そうですとも。私たち、同じ話を聞いたはずなのに、まったくストーカーの正体に思いいたりませんでしたとも！

あまりのことに、頭を抱えて唸りたくなる。この差は何なのだろう。人生経験の差？それとも、そもそも夫人が持っている人間力の差なのだろうか。

「アシスタント——だったんですか」

美樹が目を瞠りながら呟いた。夫人が小さく顎を引く。

「ええ。そうよ。朝霧先生のアシスタントだったの」

「でも——たしか朝霧さんは、アシスタントのことを『彼女』って」

そこでようやく佳音は、霧が晴れたような思いで夫人を見つめた。

——ああ、そうだったんだ。

「彼女なのよ」

夫人が答えた。

「朝霧先生を愛して、心配でたまらなくて常に見守っていたのは、アシスタントの女性だったのよ」


朝霧マイカの月刊連載は、二か月前から始まった。編集者とのつきあいはその少し前からと話していたが、連載が始まるころに、アシスタントに来てもらうようになったのだ。

アシスタントの女性は、湯河原好美《ゆがわらよしみ》というのだそうだ。

「これは想像でしかないけど、湯河原さんは朝霧先生が好きで、おまけにあの小柄で華奢な体格だから怪我《けが》でもしないかと心配で、彼女が夜に出かけるたびに、ずっと後をつけて見守っていたんじゃないかしら。ほら、地下鉄駅の女性用トイレで盗撮カメラが見つかって、それで身辺に注意を払うようになったと話していたでしょう。背が高い女性でないと、見つからない場所にあったとも」

——ああ、そうだった。

夫人がマイカの言葉をひとつひとつ解き明かしていくと、曇っていた視界が晴れていく。

盗撮カメラを見つけたのも、アシスタントの湯河原かもしれない。女性でなければ、女性用トイレにはふつう入らないし。彼女は背が高いから、カメラを見つけることができたのだ。

「彼女はこうも言ってた。深夜、コンビニの買い物にアシスタントをつきあわせた時には、背後の気配は消えていたって。当然よね。背後じゃなくて、隣にいたんですもの」

音楽隊きっての安楽椅子探偵《アームチエアディテクティブ》を自任している美樹も、夫人の推理に聞き惚《ほ》れている。

「雪の夜に、痴漢が朝霧先生を狙っているのを見た湯河原さんは、背後から痴漢に襲いかかり、しとめたの。だけど、寒い中をずっと尾行していたものだから、風邪をひいてしまったのね。朝霧先生は、編集者が風邪をひいていると言ったあと、『風邪が流行ってるのかしら』と言ったそうね。朝霧先生の身近な人がもうひとり、最近になって風邪をひいたのよ」

なるほど、それがアシスタントだったのか。

「――すごい」

佳音は素直に賛辞を送った。

「でも、夫人。朝霧先生は、どうして昨日、自宅に帰らなかったんでしょうね？」

美樹が不思議そうに口を挟む。ぴくりと夫人の形よく整えた眉が震えた。じっと美樹に視線を当てる。美樹が、わけもわからず、ぎくりと縮み上がるのがわかった。

「それはね、吉川さん。朝霧先生も気がついたからなのよ。誰が自分を守ってくれていたのか――」

夫人の、やるせない口調から、佳音にも答えがわかってしまった。

――そうか。美樹が、編集者ストーカー説を開陳《かいちん》したから！

「吉川さんから、編集者がストーカーではないかという説を聞いた朝霧先生は、最初は単に否定しただけだったけど、後になって気がついたのだと思う。二か月前から一緒に仕事を始めた。重い風邪をひいている。そんな条件は、編集者だけでなく、アシスタントの湯河原さんにも当てはまるのよ」

「そ、そうか、あたしが、中途半端に当たっている推理を披露したばかりに――」

美樹が呆然《ぼうぜん》とし、頭を抱えた。夫人が美樹を制止しようとしていたのは、これを予期したからなのか。それにしても、夫人の洞察力、恐るべし。

朝霧マイカは、帰りの電車の中で、ストーカーの正体を知ってしまった。彼女はそのまま帰れなくなった。湯河原はまだ自宅兼仕事場にいるはずだ。どんな顔をして会えばいいのかわからない。どこに行ったのかまでは想像できないが、とにかく湯河原のもとには帰れなくなったのだ。

「おそらく、ホテルをとったか、友達の家にでも泊めてもらったのでしょうね。しっかりした人ですもの、心配はいらないわ。気持ちの整理がついたら、湯河原さんとも正面から向き合うことができるはず。その時に、彼女がどんな答えを出すかは、彼女しだいだけど――」

朝霧マイカも湯河原というアシスタントも、どちらも女性。マイカがどう思うのかは知らない。湯河原の恋が成就するのか、それとも今まで通り仕事の先生とアシスタントの関係で終わるのか、それとも――。

「うまくいくといいなあ――」

佳音はぽつりと呟いた。

沈黙した。夫人と美樹、なぜか五反田までが奇妙な目つきでこちらを注視している。

「――お前が言うな！」

美樹のセリフがすべてを代弁していた。

というか、なぜ五反田二尉まで、渡会の告白の件を知っている様子なのかが不思議だ。音楽隊に来て、日も浅いはずなのに。美樹と同じで地獄耳なのだろうか。

とりあえず矛先を自分からそらすため、佳音はにっこり笑った。

「だけど、夫人の推理能力、冴《さ》えわたってますよね。どうしてそこまでわかったんですか」

「――うちの亭主が、私たちに相談するように指示したと聞いたからよ」

「――え」

「いい？　うちの亭主は、あれでも戦場カメラマンなの。ああ見えて、危機管理能力はものすごく高いのよ。でなけりゃ、戦場で生き残って帰れないからね。その亭主が、ストーカーだなんて大変な問題に、警察ではなく私たちのような素人探偵を頼れと言ったの。おかしいでしょう？　朝霧先生の話を聞くうちに、だんだんその理由がわかってきた。ストーカーじゃなかったのよ。朝霧先生に惚れて、守りたいと思っている誰かなのよ。うちの亭主はそれに気づいたから、私たちを推薦したの。たぶん、正体がアシスタントの女性だとも見抜いていたんじゃないかしら。微妙な問題だから、言いにくかったのよ。女同士のよしみで、私たちならうまくやると期待したんじゃない？」

ふと、昨夜の夫人の言葉を思い出す。

（深い部分での信頼関係というか、お互いに相手のことを理解しあえているかどうかが、いちばん大切だと思うんですよ）

――夫人はカルロスと深い部分で理解しあえているから、彼の真意に気づいたのか。

五反田二尉が時計を確認した。

「そろそろ、午後の録音が始まりますよ。皆さんは、合奏場に行ってください。僕はこれから編集者さんに電話して、今の話を当たり障《さわ》りのない範囲で話してみましょう。すごく心配してましたからね。そして、アシスタントの湯河原さんにも電話して、朝霧先生が行きそうな心当たりを聞いてみます。後のことは、任せてください」

つきものが落ちたような気分だった。昨日、マイカの話を聞いてから、ストーカーの件が小骨のように、どこかに刺さって引っかかっていたのだ。

「――鳴瀬さん。吉川さんに聞いたけど、あなたと渡会君は、いったい何が問題なの？」

階段を下りながら、夫人が単刀直入に尋ねてくる。やはり夫人は無敵だ。

「い、いえ、問題なんて別に何も」

「なら、さっさと渡会君に返事をしてあげなさいよ。それとも、あなた意外と、相手をじらして楽しむタイプ？」

「とんでもない！」

夫人の言葉にあたふたとする。まったく、なんということを言うのだろう。

「ふたりともに何も問題がないのなら、事態はもっと早く進展していてもよさそうなものよね。鳴瀬さんが史上最悪レベルの鈍感で、渡会君のアプローチにこれまでまったく気づいていなかったとしても、彼もついに思い切って、ストレートに告白するという最終手段に出たわけだから」

——史上最悪レベルの鈍感で悪かったですね。

むくれながら、佳音は唇を噛《か》んだ。

「ええと——でも、ほんとに問題なんかないんです。ただ」

「ただ？」

「迷ってるというか」

「迷う？　何を迷うの。渡会君より、もっとあなたにふさわしい王子様が現れるんじゃないかって？」

「ち、違います！」

一瞬、音楽隊の諸鹿三尉を「王子様」とひそかに名付けて敬っていたことを見抜かれたかと、慌てふためいた。いや、ひょっとして、何かの間違いで諸鹿三尉に告白されたりしていたら、事態はまったく別の方向に動いたかもしれないのだが。

「なら、何を迷うの」

「——私たち、高校からずっと、友達として一緒に時間を過ごしてきたんです。同じ吹奏楽部出身ですから」

しかたなくどうにか話しだすと、夫人は首をかしげ、聞いてくれる。

「なんていうか、お互いにもう、十年以上も連れ添った夫婦みたいな感覚なんじゃないかと思うんです」

ぶ、と音がして振り向くと、夫人が赤い顔をして吹き出していた。

「ご、ごめんなさい。いいのよ、そのまま続けてちょうだい」

「もう、夫人！　真面目な話なんですから」

「わかってる。でも、鳴瀬さんの口からそんな言葉が出ると」

――まったくもう。どうせ私はお子ちゃまのトラブルメーカーなんだから。

「いや、ほんとに、もう恋愛とかで盛り上がる感じが全然しないんですよ。だから、このままずーっと、友達なんだろうと思ってました」

「めんどくさいわねえ、あなたたちも。問題は、鳴瀬さんがそれでいいのかしら？　ってことなんだけどね。渡会君は、もし鳴瀬さんをきっぱり諦めたら、次に行くの早いと思うわよ。手ぐすね引いて待ち構えてる女の子たちもたくさんいるようだし。今はのんびりしてるけど、もし渡会君を別の女の子に取られたら、あなた平気でいられるの？」

夫人は意地悪そうにこちらを見つめると、速足になって合奏場に駆け込んでしまった。

――美樹と同じことを言う。

なんだか、ぽつんとひとりで取り残された気分だ。渡会を別の女の子に取られる、というのは妙な感覚だ。それはつまり、渡会が自分の隣から消えるということか。

「おーい、鳴瀬さん！　始まるぞ！　急げ！」

合奏場の扉を閉めようとして、佳音がいないと気づいたらしく、バリトンサックスの斉藤がぶんぶんと手を振った。ハッとした。

——今は、そんなことを考えてる場合じゃない。

「すみません！」

合奏場に飛び込んで、席についた。

ウー、ゴホンと主水之介が咳払いし、「また鳴瀬か」と誰かが嬉しそうに呟く。夫人はすでに、フルートを膝に載せて姿勢を正しているし、美樹ですらテナーサックスをいつでも吹けるように抱えていた。何があったのかと、真弓クンはシロフォンの前に立ち、好奇心いっぱいにこちらを見つめている。

——日常生活だ。

「それじゃ、午後もはりきっていきましょう。『アシタカとサン』からね」

指揮棒が上がる。みんなの背筋も伸びる。

音楽はいつも身近にあり、自分を支えてくれる。音楽があれば、自分は充分に満たされている。このうえ、渡会を必要としているのかどうか、本当によくわからない。

——だけど、いつか答えを出さなきゃいけないんだ。

その気がないのなら、渡会を早くリリースしてやれという、美樹の言葉が耳に痛かった。自分はつまり、これまで渡会を無理に引っ張っていたということか。それはたしかに利己的すぎる。

録音が、あと二曲を残すのみとなったとき、十分間の休憩時間に、五反田二尉が合奏場に現れた。何食わぬ顔をしていたが、大きな目がきらきらと輝いている。

「——朝霧先生、ぶじに見つかりましたから」

五反田が近づいてきて、抑えた声で口早に囁《ささや》いた。美樹がピースサインを見せ、夫人は長いまつげをちらりと上げてうなずくにとどめた。

「まずはふたりで、じっくり話し合うそうですよ。皆さんにお礼を言いたいと言われてました。あらためてお礼に見えるそうです」

彼女らにしかわからないことを手短に伝えると、さっさと合奏場から立ち去る。五反田の足取りが、楽しげにはずんでいる。きっと、朝霧マイカが頭からアシスタントの湯河原を否定せず、話し合う気になったのが嬉しいのだ。

——いい人だなあ。

「朝霧さんとアシスタント、恋愛関係にならなくてもいいから、せめて友達でいられるといいよね」

美樹が楽器を置き、腕を回して肩をほぐしながら、そっと言った。佳音は、眉根を寄せた。

「——ちょっと待って。朝霧さんたちには、友達でいられるといいよね、なんて言うくせに、どうして私と渡会には早く答えを出せってせっつくの？」

周囲に誰もいないことを確かめ、美樹の背中をつつく。

「ん？」

美樹はしばらく腕を天に伸ばし、首をかしげて考えていたが、やがてそろりと腕を下ろした。

「そんなに友達でいたいのなら、あたしも別に止めないよ？　いいんじゃない？」

「ん？」

美樹が悪魔のようににっこりと笑う。

「良かったじゃん。これでもう悩まなくていいよね。渡会にもちゃんと、そうしようって伝えてあげなよ。だいたい、あんたが先月、そう言ってやれば、渡会だってひと月も悩む必要なかったんだよ。あんたが逃げ回るからいけないんだよ。今日の夜にでも、電話してあげたら？　友達でいようって」

「え——ちょっと」

なんだか話がどんどん美樹の中でふくらんでいるようだ。

「ちょっと待ってよ」

「うーん、良かった。これで問題は片づいたわけね」

友達感覚でいたいというのは、たしかに佳音自身が望んでいたことだ。しかし、美樹や狩野夫人にさんざん責められ、気づいたことがひとつある。それは、自分が「友達でいようね」と言ったとたん、渡会は彼女をつくるということだ。そして、その彼女は、渡会と自分が「友達づきあい」することを、おそらくまったく喜んでくれない。

——そ、そうか。

言われてみれば当然だ。

どんなに悩み惑っていても、いざ楽器を握ると、すべて忘れて音楽に専念できるのが、佳音の強みだった。

『これにて本日の録音は終了！　皆さんお疲れさまでした』

時間ばっちり、延長もなく録音が順調に進み、スピーカーから音楽監督の朗らかな声が流れると、合奏場では盛大な拍手が起こった。緊張が解け、みんなにも笑顔が戻る。

しかし、佳音は自分がどこをどう吹いたのか、よく覚えていなかった。

頭の中が洪水状態だ。自分がどうしたいのか、このひと月の展開の速さについていけない。

「——鳴瀬さん。大丈夫？」

気がつくとパイプ椅子にまだ座りこんでいて、周囲ではみんなが譜面台や椅子、楽器などを片づけはじめていた。

「狩野夫人」

「顔色が悪いわね。どうしたの」

——どうしたのだろう。

佳音は楽器を抱いたまま、呆然と夫人を見上げた。

「わからなくなりました」

「何が？」

「自分がどうしたいのか」

「——」

夫人の細い指が、すっと額に当てられた。夫人の手はひんやりと冷たかった。

「熱でもあるのかと思ったけど。そういうわけでもなさそうね」

「ふ、夫人——」

だんだんめまいがしてきた。あでやかに夫人が笑う。

「考えすぎなのよ、鳴瀬さんは。一度、渡会君とゆっくり話し合ってみるといいわ。十年以上連れ添った夫婦みたいだと言っていたけど、たしかにあなたたちに欠けているのは、言葉でとことん話し合うことかもね。長く一緒にいすぎたから、言葉抜きでお互いを理解できるような気になっているのよ」

――そうなんだろうか。

言われてみれば、そんな気もする。黙っていても、何を考えているのかわかるような気がしていた。実際は、全然そんなことなかったわけだけど。

「とことん話し合って、つきあってみようと思うなら、一度、気楽につきあってみれば？　遠距離恋愛だけど、渡会君はいい相手だと思うわよ。長いつきあいで気楽に話せるでしょうし。どっちも初心《うぶ》すぎるから、めんどくさいかもしれないけど――」

「夫人」

佳音は狩野夫人の腕に手をかけた。

「――その、もし私たちがつきあうことになったとして、ですけど」

「ええ、なあに？」

「その――つきあうって、今とどう違うんですか？」

狩野夫人が笑みを浮かべたまま彫像のように凍りついた。その向こうにいた美樹が、メガネザルのようにまん丸に目を瞠り、こちらに顔だけ向けて固まっている。

「ふ、夫人？　美樹も、どうしてふたりとも黙ってるんですか？　ねえちょっと？」

「さあ、さっさと片づけてしまいましょうか、吉川さん？」

夫人が朗らかに声を上げた。そのまま譜面台を片づけはじめる。

「ええ、そうですね、夫人」

「鳴瀬さんも、ぐずぐずしてないで、早くね」

ふたりが遠ざかっていく。

「えっ、ふ、夫人——」

鳴瀬佳音の春はまだ遠い——。

ゲット・イット・オン

――室《むろ》郁《いく》子《こ》の場合――

私のことなんて誰も覚えてらっしゃらないと思いますが、室郁子と申します。空士長で、長澤真弓空士長とは各個練磨室を共有する仲です。どうぞお見知りおきください。

音楽隊の皆さんには、ムロさんと呼ばれています。ええ、そのまんまですよね。あだ名を思いつくほどの特徴がないのか——要するに私は、影が薄いんです。

航空中央音楽隊には、おおぜいの個性的な隊員さんがいらっしゃいます。男性もですが、女性隊員のキャラクター性は、なかなかのものです。女優と見まがうばかりの、狩野庸子三曹。私服で街を歩けばタカラヅカの男役と間違われそうな、姐御肌で押しが強い、吉川美樹三曹。そして、天然のおトボケ感満載の、鳴瀬佳音三曹——。

どの先輩も、存在感に溢《あふ》れています。とりわけ私が憧れるのは、フルートの狩野三曹です。結婚されてお子さんもいるのに、いつもきれいで声も美しく、お仕事もしっかりされています。すごいことですよね。

私もぜひ見習いたいものです。

しかし、狩野三曹の完璧さを見るにつけ、私の胸中に忍び寄る暗い影——。

そう、私には、誰にも言えない秘密がひとつあるのでした。


「えっ、合唱ですか？」

一瞬、耳を疑ってしまいました。吉川美樹三曹が、ボールペンと書類を携え、隊員の間を回っています。

「そうなの。チェイスの『ゲット・イット・オン』を演目に入れるつもりなんだけど。ほら、途中でボーカルが、アイ・ゴッタ・ゲット・イット・オンって繰り返すところがあるじゃない。あれを合唱したらかっこいいと思って」

吉川さんは、赤坂《あかさか》のビル街で開かれる、ランチタイムの野外コンサートの企画を担当しています。『ゲット・イット・オン』というのは、一九七〇年代前半に人気を博したアメリカのブラス・ロックバンドのヒット曲で、トランペッターでリーダーのビル・チェイスの名前を取り、バンドもチェイスと名乗っていました。トランペット四本の高音が、ギター、キーボード、ドラムの上に乗っかってくる、勢いのあるユニークな編成で人気を博しましたが、一九七四年に飛行機事故でビル・チェイスを含む四名が急逝し、バンドは消滅したそうです。残されたメンバーのなかから、ボーカルのジム・ピートリックらが立ち上げたバンドが生存者《サバイバー》。そう、映画『ロッキー3』の主題歌『アイ・オブ・ザ・タイガー』の大ヒットで日本でもおなじみです。まさか、このバンド名にそんな意味がこめられていたとは。

——なんてことは、この際どうでもいいのですが。

「でも——管楽器の皆さんは、歌えません——よね——」

私はおそるおそる、吉川さんに反論しました。私は長澤さんと同じくパーカッション担当なのです。

「そうね、主にパーカッションとギターとベースかな？　管楽器でも、その間に休んでる人には歌ってもらうつもり」

吉川さんは、涼しい表情でそんなことを言われます。いや、それ超困るんですけど。

「で、でもでも——たしか、ものすごい速さで繰り返し言うんですよ、アイ・ゴッタ・ゲリロンって。私には、とても無理——」

「大丈夫よ、勢いとノリで歌えばいいから」

「あそこだけ歌詞が入るのは不自然じゃないでしょうか。いつもあの曲を航空中央音楽隊が演奏する時は、歌なしですよね」

「あら、ムロさん」

吉川さんが、メスの虎のようにきらりと目を光らせました。

「私の企画に不満があるのかしら」

「い、いえいえいえいえ」

吉川さんの迫力には勝てません。私は青くなって尻込みしました。

「あの、ボーカルの隅《すみ》さんが復帰されたじゃないですか。いっそ、隅さんにぜんぶ歌っていただいてはどうでしょう」

航空中央音楽隊のボーカル担当者が、このほど産休から復帰されたのです。

(おまえの愛が必要だ、おまえの愛が欲しいって言ったじゃないか／一日中べったりおまえを抱きたいんだよ)

とまあ、こんな感じで激しい愛をぶつける歌詞ですから、もともと刺激的な曲ですが、ボーカルが入るとさらにかっこよくなるのは間違いありません。

吉川さんはしばらく考え込んでいましたが、やがて首を振りました。

「私もそれは考えたんだけど、今回は無理なの。同じ日に別の場所でミニコンサートがあって、隅さんはそちらに出るのよ」

青天の霹靂――というか、どこまでも神様は私を追い詰めるおつもりのようです。

「まあ、いいじゃない。とりあえず練習してみましょうよ。どうしても無理そうなら、歌は諦めるしさ」

そんな簡単に諦めていいのかと心配にもなりますが、吉川さんはそう言い残し、楽譜を渡すとひょうひょうと立ち去りました。

「ちょっとみんな、声が小さいよ？　恥ずかしがらずに、声上げていこうよ」

指揮棒片手に首を振っているのは、野外コンサートで指揮を担当される副隊長です。

野外コンサートに参加する隊員は二十五名ほどですが、うち合唱するのは八名のみ。しかも、ドラムの前にいる私は、声を出さずに口だけ動かしていました。つまり、口パクというやつです。ひとり欠けているんですから、声が小さいのも当然です。何度も演奏している曲で、合奏はすぐ完成したのですが、いかんせん歌が追いつきません。

「これ、めちゃくちゃ歌詞速いんですよ。早口言葉ですよ！　英語の発音についていけません」

口をとがらせているのは、チューバの殿山《とのやま》二曹です。他の合唱担当者も、「そうそう」と言いながらうなずいています。

その調子でぜひ、合唱を亡きものにしてください！

「速いけど、大丈夫だよ。チェイスのボーカルが歌えてるんだから！」

副隊長はナチュラルな笑顔で、けっこうすごいことをおっしゃいます。

「いや、向こうはネイティブですって！」

「大丈夫、大丈夫。こっちは日本語ネイティブだから。それじゃあ一回、合唱だけやってみようか」

何という話の流れでしょうか、私がいちばん恐れていた展開になってしまいました。歌だけ取り出せば、私が声を出していないのがバレてしまうではありませんか。

「さん、はい！」

副隊長が指揮棒を振りました。

アイ・ゴッタ・ゲーリロンと一回目はゆっくりなのですが、二回目、三回目と繰り返すにつれてどんどん速くなる歌詞を、しぶしぶ殿山さんたちが歌いだします。

「ああっ、無理！　舌嚙《か》みそう！」

殿山さんが悲鳴を上げました。私のすぐ前に座っているトロンボーンの土肥空士長が、こちらを振り向きました。

「ムロさん、声出てないわよ。頑張って」

——あちゃあ。やっぱり気がついてしまいますよね。

それになんだか面白がっておられますよ、土肥さんったら。トロンボーン奏者は歌わなくていいから、気楽でいいですね。

「なんだよ、なんだよ。みんないつもちゃんと歌うじゃないか。『聖者の行進』とかいい声出てたよ」

副隊長が困ったように腰に手を当てて、首をかしげておられます。

ディキシーランド・ジャズの名曲を少人数で演奏した際に、男性ばかりで合唱した時のことを言っているのでしょう。たしかにあれは、よかったですね。

ですが、それとこれとは話が別です。

だいたい、楽器の道に進む人は、カラオケ嫌いも多いです。音大の友人たちがそうでしたが、声に自信がないから楽器の道を選んだのだと公言する方もいます。耳が肥えているので、調子っぱずれなカラオケを聞くのは苦痛なのです。ええ、もちろん上手な方も多いですけどね。

「無理ですよ！　だいたい、どうしてこんなところだけ歌を入れようなんて考えたんですか、企画の吉川さんは！」

吉川さんはこの場にいないのですが、殿山さんが頭を抱えて呻《うめ》きました。私も大賛成です。内心で拍手を送ります。

「今さらそんなこと言ってもしかたがないだろ。ひとりずつやってみ。ほら、殿山君から」

「ええーっ」

そうは言いながらも、歌いだすと殿山さんはバリトンで素敵な声をされています。後半ちょっと歌詞が怪しかったですが、そもそもチェイスのボーカルだって、何を言ってるか聞き取れないくらい速い歌詞なのです。

副隊長がひとりずつ歌わせていき、私はだんだん心拍数が上がってきました。

「ほれ、室さん。いくぞ」

「え、あ、あの――」

指揮棒の動きに合わせて歌おうとして、私はとても声を出せず、真っ赤になってしまいました。みんなの視線が私に集まっています。

「あ、あの――」

私は恥ずかしさに耐えられなくなって、いきなりドラムセットから下り、逃げるように合奏場を飛び出しました。

「おい、室さん！　どこ行くんだ」

後ろで副隊長が呼んでいます。私はとりあえず、階段を駆け上がりました。屋上があるのです。

——無理。

人前で歌うなんて、私にはぜったい無理です。今まで誰にも話したことのない、私の秘密。それは——。

「どうしたのよ、ムロさん。いきなり練習から逃げ出したって聞いたけど」

屋上の手すりに顎を載せ、私が頭を抱えていると、背後から吉川さんの声が近づいてきました。どうしましょう。もう、逃げられません。私は振り向きました。

「そんなに歌うの嫌だった？」

吉川さんが不思議そうに首をかしげます。

「そりゃさあ、楽器をする人は、歌うの嫌いって人も多いけど。ムロさんってきれいな声してるじゃん」

「い、いえ——」

話しているぶんには、問題ないのですが。

もう黙っているわけにはいきません。私は意を決して、吉川さんを見つめました。

「恥をしのんでお話ししますと——実は子どものころ、ジャイアンと呼ばれていました」

「え」

吉川さんがぽかんとして、それから顎を下げます。ええ、驚きますよね。わかります。私は目を閉じ、両手を頬に当てました。恥ずかしさに火照《ほて》っていて、頬が熱いのです。――そう。私は歌うと、致命的に音程をはずすのです。つまり、音痴。使いたくなかったです、この言葉。

「それでピアノに逃げまして。ピアノの上達は早かったのですが、高校の吹奏楽部でパーカッションにはまってしまったんです」

音大受験は打楽器部門を選択し、現在にいたる。耳は普通にいいのでソルフェージュなどは問題ありませんが、歌うのは今でも苦手です。

「それって――」

吉川さんが何か言いかけ、言葉をつまらせて唇を嚙みました。だいたい、何を言おうとされたのかわかります。私が音痴だと告白すると、説得するため「いちど歌ってみて」とおっしゃる方が多いのです。生まれついての音痴は存在しないという説もあるそうで、練習すれば音程を矯正できるという方もいらっしゃいます。ですが、私はもう楽器を選択したのですし、今さら、苦手な歌の道を、わざわざイバラにひっかかれながら進む必要もないではありませんか。

吉川さんは、小さくため息をつきました。

「――んもう、そういうことなら早く言ってよ。みんなの前で恥をかかせないように、合唱メンバーから外したのに」

「すみません」

私は思わず頭を下げました。幼いころから、音痴だとわかると嘲笑されることが多かったのです。だから、よけいに人前で歌えなくなっていきました。吉川さんの、まったく軽蔑してない感じに救われました。いい人です。

それに比べて、私ときたら。

「私、ほんとにダメですよね。得意分野といっても、パーカッション以外にとりえはないし。可愛くないし。影は薄いし」

なんだか悲しくなって、肩を落としました。周囲の先輩がたのきらめく個性に比べて、なんて私は地味なんでしょう。

「――はあ？」

吉川さんが、眉をひそめて私を見ました。心なしか、寄り目になっているようにも思えます。

「ムロさん、今さらなに言ってんの？　影が薄いとか関係ないじゃん。みんな似たようなもんじゃん」

「で、でも――」

私は困って両手を胸の前で握りしめました。この際です。いつも感じていることを全部吐き出して、吉川さんに聞いてもらいたい。ふだんなら、恥ずかしくてとても口にできませんが、今なら恥のかきついでに、話せるような気がします。

「皆さん本当に、すごいと思うんです。楽器や音楽の分野ですごいのは当然として、先輩たちの面倒見のよさや、芯の強さ、懐の深さとか――。私にはないものばかりで」

黙って耳を傾けていた吉川さんが、ぷっと吹き出しました。私はよけいに困って、吉川さんを見つめました。

「だって――本当なんです。おかしなことを申し上げたでしょうか、私」

「人間って、自分のことはわからないものなんだなと思ったの」

吉川さんは、まだおかしそうにくすくす笑っておられます。そんなに笑わなくても。

「あのねえ、ムロさん。ふぅ、困ったな」

なんだか、本当に困っておられるように、苦笑いしています。

「それじゃ、私たちから見たムロさん像を教えてあげるね。どうしてあなたの呼び名が、イクちゃんでもムロっちでもなく、ムロさんだと思ってる？　考えてみてよ。鳴瀬は佳音と呼び捨てだし、長澤さんは真弓クンだし、狩野三曹は狩野夫人でしょ。みんなそれぞれの個性に合わせて呼び名がついてるのよ。室さんは、上品なお嬢さんでしっかりしているから、他に呼びようがないの。郁子さんでも、イクちゃんでもない。だからムロさん。何も悪いことなんかない。それがあなたの個性なの」

私はまた頬が熱くなってきました。

──私が、上品なお嬢さんでしっかりしている？

そんなことを言われたのは初めてです。幼稚園から高校まで一貫して、私立の女学園に通っていましたけれど、そのなかで私はむしろがさつで男まさりなほうでした。

自分では、しっかりしているとも思えません。なにしろいつも、自分の弱みを知られるのが怖くて、びくびくしながら緊張しているのです。こんな私のどこが、上品でしっかりしているというのでしょう？

「みんな、自分のことはよくわからないの」

吉川さんが屋上の手すりにもたれて、そうおっしゃいます。

「鳴瀬三曹は私の同期なんだけど、彼女が自分のことをどう思ってるか知ってる？」

「い、いえ──」

「しっかりものの名探偵。けっしてドジっ娘《こ》とは思ってない」

私は微妙に硬直しました。もちろん、そこで笑ったりはいたしません。先輩を笑うなんて、たいへん失礼ですから。

吉川さんは、アハハと元気よく笑いとばしました。

「ね、おっかしいでしょう。セルフイメージなんて、そんなものなのよ」

セルフイメージが周囲から見た印象と食い違うことがある、という点については、私も同意するしかありません。

でもそうすると、傍から見て、それこそとてもしっかりしている吉川さんも、セルフイメージは異なるのでしょうか。

じっと見つめてしまったので、吉川さんは私の視線の意味に気づいたようです。こちらを見て、にっこりされました。

「そりゃね。私だっていろいろあるのよ！」

私は目を瞠りました。こんなふうに、あっさりと自分の弱みや手の内をさらけだせることそのものが、驚異的です。やっぱり吉川さんは、只者ではありません。

「面白いよね。みんな、ひとりひとりが『セルフ』なの。個性があって、内に秘めた思いも持っていて、それぞれが、それぞれの物語の主人公なの。私たちは、その『セルフ』が何十人もここに集まって、ひとつのハーモニーを奏でているのよ。すごくない？」

「す、すごいです！」

両手を合わせて、目を瞠りました。

自分を主人公だなんて考えたこと、一度もありませんでした。いつも部屋の片隅で、ひっそりと静かにたたずんでいる、影の薄いひと。主役にはなれそうもない、常に脇役のひと。もしもサスペンスドラマの登場人物に喩《たと》えるとすれば、始まって五分で、鈍器で頭を殴られて殺される被害者なんて、ぴったりです。え、なぜサスペンスドラマに喩えるのかですって。もちろん、大好きですから。子どものころから、テレビで見るのがひそかな楽しみだったのです。

だいたい、リズムセクションを選ぶ人って、けっして目立ちたがり屋ではないと思うのです。

「あなたは『セルフ』で、ハーモニーの一員なの。それでいいじゃない。影が薄いと言ったけど、この世界のどこにも影の薄い脇役なんて人はいないのよ」

「はい――――！」

吉川さんに言われると、力が湧いてきます。

屋上に出る扉が、開きました。

「おーい、美樹」

ひょいと顔を覗かせたのは、鳴瀬三曹です。日差しのせいか、まぶしそうに目を細めておられます。さっきの会話のせいで、ちょっとお顔を見るのに照れましたが、鳴瀬さんも楽しくて素敵な先輩です。

「副隊長がお呼びだよ〜。やっぱりさ、『ゲット・イット・オン』の歌うとこ、やめないかって」

「えっ、やめちゃうのォ」

「ちょっと歌ってみたけど、あれひどいよ。そこらの早口言葉より速いじゃん」

「そうかなあ。かっこいいと思ったんだけど。難しいから、かえって燃えない？」

吉川さんは、ぶつぶつ言いながら手すりを離れました。なんのかんの言っても、吉川さんと鳴瀬さんは、同期の名コンビでいらっしゃいます。仲がいいのです。

「じゃあね、ムロさん。適当に下りてきてね」

吉川さんが、ひらひらと手を振りました。私は彼女に向かって、深々と頭を下げました。それくらいしか感謝を示す方法がないのですもの。

「――さあ、そろそろ練習に戻りますか」

私ったら、戸惑うあまり、合奏場を飛び出してきてしまいました。お恥ずかしい限りです。しっかり皆さまに謝って、仕事に戻らねばなりません。

階段に向かう前に、一瞬振り向いて、屋上から見える立川分屯基地の景色を見渡しました。さんさんとまぶしい光が、庁舎と前庭の木々に降り注いでいます。
今日も、良い一日になりそうです。

空みあげて

高速を降りて国道二九二号線に入ると、バスの車窓から見える景色がのどかになった。見渡すかぎりの田んぼのなかに、郊外型の大規模なスーパーマーケットや、薬局、書店、ファミレスなどが、ぽつりぽつりと立っている。どれも東京でよく見かけるチェーン店だ。

「面白いよね。よく知ってる店なのに、この景色のなかで見ると、なんとなく印象が違う」

鳴瀬佳音三等空曹は、窓の外を飽きずに眺めながら呟いた。反応がないので隣を見ると、同期の吉川美樹三等空曹は、うつらうつらと船を漕《こ》いでいる。いつもは佳音が起こされる側なのだが、どうやら今日は美樹もお疲れのようだ。

「鳴瀬三曹、ご存知でした？　これから行く温泉って、小林一茶《こばやしいっさ》が逗留したことがあるらしいですよ！」

前の座席から、りさぽん——澄川理彩一等空士が、興奮ぎみに顔を覗かせる。あいかわらず、テディベアのような愛らしさだ。

「ふーん」

「天智《てんち》天皇の時代に、正式に開湯したそうですよ」

「そうなの」

「松本良順《まつもとりょうじゅん》との関わりも深いんですって」

「へえー」

佳音があまり関心を示さないので、りさぽんは物足りない表情で、座席の背もたれの陰に沈んでいった。

——大成功。

りさぽんが歴史関係の蘊蓄を傾け始めた時に、うっかり「松本良順って誰だっけ」などと尋ねてはいけない。それからしっかり三十分は、松本良順氏と周辺の人々について講釈を聞かされる。なぜ佳音がそれを知っているかと言えば、同室なので、うかつにも質問してしまったことがあるからだ。

——りさぽんは、歴女だった。

思えば彼女も複雑な人間だ。見かけはテディベアだが、ただの愛らしい熊ではない。松本良順と言えば、幕末から明治維新にかけて軍医として活躍した人だ。そして、歴女としてのりさぽんの興味は、主に幕末と新選組《しんせんぐみ》に向けられているのだった。

航空中央音楽隊は、明日、長野県の中野《なかの》市市民会館で、ふれあいコンサートを行う予定だ。近くに航空自衛隊の基地があればそちらに宿泊するのだが、長野にはないので、会場近くの温泉街に宿をとることになった。航空中央音楽隊の本拠地、立川から、およそ三時間半かけて、専用バスで向かっているところだ。

「信州の温泉って、ニホンザルが雪のなかで、まったりとお湯につかってる地獄谷のイメージが強くって」

真弓クンこと、長澤真弓空士長が、りさぽんの隣でガイドブックを見ながら、のんびりしたことを言っている。

「六月に雪なんかないよ、真弓クン」

「りさぽんも、サルと温泉入りたいっしょ？」

このふたりも、いいコンビのようだ。

「——もう着いたみたいね」

いつの間にか美樹が目を覚まして、もぞもぞと動き始めていた。バスは、既に温泉街に到着し、旅館「美雪荘《みゆきそう》」の駐車場に、そろそろとお尻から入ろうとしているところだ。大型楽器を積んだトラックも、後からじきにやってくるだろう。

「はい、皆さんお疲れさまでした。ホテルの部屋に荷物を置いたら、一八〇〇《ヒトハチマルマル》より食堂でミーティングがあります。遅れないでくださいね！」

大人になった一休さんこと五反田二尉が、手のひらをメガホンの形にして声を張り上げている。昇降口のドアが開くと、みんな演奏服の入ったバッグや楽器を手にして、バスを降りていく。

「お風呂楽しみ～」

われ知らず口をついて出た本音に、美樹がちらりと眉を上げた。

「どうせ佳音の興味はそっちだよね」

「いいじゃん、仕事はちゃんとするんだから。空いた時間はリフレッシュもしなくちゃ」

「あんたはいっつも、リフレッシュしてるっつーの」

まあまあまあ、と間に割って入ったのは、いつもの通り真弓クンだった。

「ホームページを見たら、旅館のお風呂以外にも、温泉街に足湯とか、外風呂があるそうっすよ。時間があったら、後でちょっとだけ覗いてみませんか」

「行く、行く！」

「温泉まんじゅうも美味しそうでしたね。すぐ近くにお店があるみたいっす」

「ほんとは山の上のお寺も見たかったけど、時間がなさそうだから、温泉まんじゅうで我慢します」

りさぽんが、横から果敢に口を突っ込んできた。

「あんたたちも、ほんとに好きねえ」

美樹が呆れたように首を振りながら、バスを降りていく。みんな趣味がバラバラなよう
でいて、食いしん坊な点では一致しているのだ。

「ねえねえ、美樹。なんか疲れてない？」

バスを降りながら佳音は美樹の肩をつついた。

「寝不足かなあ。暑くて寝苦しいから」

美樹は憮然としている。

旅館の前で、上品な鼠色の着物を着た年配の女性がこちらを見て、にこにこしていた。

白髪をきれいにお団子にまとめてある。七十歳は過ぎているだろう。

「皆さんは、自衛隊の方ですか？」

「はい！」

「元気が良いわねえ」

ねえ、と言いながら、おばあさんは横を向いて誰かに話しかけるようなそぶりをしたが、
彼女の隣には誰もいなかった。気づかない間に、立ち去ったのかもしれない。

「遠いところをようこそ」

その言い方が、温泉街か旅館の関係者を思わせたが、彼女は自己紹介をするわけでもなく、笑顔で佳音らを眺めている。会話を求める様子でもなかったので、佳音たちは「失礼しまーす」と頭を下げて、旅館の玄関をくぐった。

「いい子たちね」

いやそれほどでも、と軽く照れながら佳音はおばあさんを振り向いた。

――あれ。

さっきは誰もいないと思ったが、太い柱の陰に男の人の手が見えた気がした。

「ようこそお越しくださいました」

淡い葡萄《ぶどう》色の和服に身を包んだ女性が、にこやかに出迎えてくれた。渋好みの和服を着用しているが、佳音らとさほど年齢は変わらない。細面《ほそおもて》で髪を結い上げ、すっきりと和服を着こなしている。落ち着いた笑顔が美しい。

「こんにちは！」

「お世話になります！」

宿泊の手続きは、五反田二尉が引き受けており、フロントのカウンターでマネージャーらしき男性と話しながら書類に記入している。

「奥にエレベーターがございますので、どうぞ皆さま五階までお上がりください」

出迎えてくれた和服の女性が、エレベーターホールの位置を手のひらで示し、ゆったりと一礼した。

「きれいだねえ」

佳音はこっそり美樹に囁いた。狩野夫人にもひけをとらない美しさだ。ただ、ややもすると相手を食い殺すかもしれないと感じさせる迫力は、狩野夫人のほうが上だった。

「ここの若女将《わかおかみ》だそうですよ。若いのに、貫禄がありますねえ」

いつの間にか五反田二尉が手続きを終えて、すぐ後ろに来ている。

温泉旅館の若女将だなんて、火曜サスペンスドラマの世界でしか知らないのだが。本物にお目にかかれるとは思わなかった。

「おお〜、若女将！」

案の定、真弓クンやりさぽんたちもがっちり食いついている。

エレベーターホールに向かおうと、佳音らがロビーを横切っていたとき、誰かがロビーの隅でぶんぶんと手を振っている姿が、目の端に映った。

——ん？

なぜか、背すじに冷たいものが走る。

「鳴瀬せんぱーい！　こっち、こっち！」

みんながいっせいにこちらを振り向いた。

——なぜ、やつがここに。

佳音は愕然とした。那覇基地にいるはずの松尾光一等空士が、子どものように手を振りながら、駆けてこようとしている。今日はTシャツにジーンズの私服姿だ。

「おおっと、そこまでよ。松尾一士、どうしてあんたがここにいるの」

さっと割って入ったのは美樹だった。盾のように荷物を前に持っているので、まるで佳音をガードする騎士《ナイト》のようだ。

松尾は輝くような笑みを浮かべた。

「僕、夏休みなんです！　皆さんがここに泊まると聞いたので、ちゃんと上官の許可を取って、遊びに来ました！」

——なんだって。

佳音は一歩、後ろによろめいた。

「待ちなさい。まさか、あいつも一緒じゃないでしょうね」

美樹が表情を険しくし、周囲を見回した。

「あいつって——渡会先輩のことですか！　残念ながら、同時には休みが取れなかったので、渡会先輩は今日も沖縄ですよ！」

「――ということは、あんたひとりで来たの？　ふーん、あいかわらずいい度胸ね」

美樹の嫌味にも、松尾は明るい笑顔で「いやあ、それほどでも」などと応じている。たしかにいい度胸だ。

なんだなんだ、と言いながら、音楽隊のメンバーが佳音たちの周囲に集まり、松尾を見て、「おお、元気か」「懐かしい顔だな」と声をかけはじめた。松尾もそれに、にこにこしながらひとりずつ応じている。人たらしというか、社交的で先輩に可愛がられる人柄なのだ。どこに行ってもうまくやれそうなタイプだ。

「なんだ、来ると知っていたら、夕食の食堂を一緒にセッティングしてもらったのに」

五反田二尉が近くに来て、残念そうに言った。一休さんも、松尾光がお気に入りらしい。

「急に決めましたから、連絡しなくてすみませんでした。夕食は自分の部屋で取りますね。でも、夜は飲みますよね？　差し入れを持って、押しかけてもいいですか？」

「おお、来い、来い」

「明日、俺の代わりに吹くか？　それなら、俺はとことん飲めるんだがなあ」

「やだなあ、僕、ファゴットですよ。トランペットは吹けませんからね」

トランペットの主水之介こと、安藤たちが嬉しそうに松尾をからかっている。松尾は人がいいというか、からかわれながら自分も楽しそうに笑っていた。こういう性格が、みんなに好かれているのだろう。

佳音はふと、視線を感じて振り向いた。

——若女将だ。

旅館のフロントから、にぎやかな松尾の周辺を見つめている。その表情が、なぜか憂いを帯びて見えるのは、気のせいだろうか。

——うるさかったかな。

松尾もはしゃぎすぎだ。後で注意しておこう。松尾が安藤たちに捕まっている隙に、佳音らはさっさと荷物を抱えて、五階の和室に運びあげた。佳音、美樹、真弓クンの三人でひとつの部屋を割り当てられている。

「長野まで追いかけてきて抜け駆けとは、松尾君もやるわね」

美樹が感心したのか、腹を立てているのか、よくわからない誉め方をした。

「抜け駆けって——」

「あいかわらず鈍いわね、佳音。決まってるじゃない、休みにかこつけて長野に来て、温泉旅館でなごやかに話でもするうちに、あんたの気持ちが自分に傾くのを待つ魂胆よ」

「そ、それは——考えすぎだと思うけど」

「だからあんたはお子ちゃまなの。そうだ、こうしちゃいられないわ。あいつに知らせてやらないと」

「えっ、まさか、渡会に言いつけるつもり？」

「そのまさかよ」

——それはいくら何でも、松尾光が気の毒ではなかろうか。

妙にうきうきと美樹が席を外した。ぜったい、彼女はこの状況を面白がっている。

この旅館では、団体客は宴会場で食事をすることになっているそうだ。食事の前に、ミーティングもそちらで開催する予定だった。夕食がすめば、あとは自由時間だ。風呂に入るなり、飲みに行くなり、酒を買って部屋飲みするなり、眠るなり、思いのまま。近くのスナック街を探検してもいいのだが、佳音らはビールやおつまみを持ち寄って、誰かの部屋で飲むことにした。

「あとで私たちの部屋に来る？　土肥さんとりさぽんが同室よ」

狩野夫人の言葉に、一も二もなくうなずいた。女性陣はみんなそこに集まることになりそうだ。女子ばかりなので、そんなに遅くまでは飲まないだろう。

——松尾君と渡会のことを、さんざんいじられるかもしれないけど。

佳音が衝撃の告白を受けたことは、いつの間にか、みんなにバレたらしい。情報の流出源は、もちろん美樹だ。

「行きます！」

「お酒と、ウーロン茶やおつまみも適当に買っていきますね」

「旅館のすぐ前に、酒屋さんがあったっス！　ポン酒が豊富でしたよ！」

佳音が手を挙げると、ちょうど戻ってきた美樹と真弓クンがすかさず乗ってきた。さすがに真弓クンは目ざとい。

「それじゃ、先に外湯を覗いてさ、帰りに買い物しようか」

美樹がてきぱきと仕切り、夕食が終わるとさっそく同室の三名で、駅のそばにあるという、かけ流しの天然温泉に出かけた。渡会に電話すると言って、いったん姿を消した美樹だが、電話の結果を聞くのも癪だ。

「岩風呂がある！」

「こっち、バラの花が浮いてますよ！」

旅先での楽しみは、グルメにお酒に観光にとさまざまだが、温泉はまた格別だ。いろんな湯があれば、全種類を制覇したくなるのもまた人情というもの。

大騒ぎしながらお風呂を楽しみ、肌がすべすべになったとホクホクしながら旅館の浴衣《ゆかた》に着替えて、外に出る。信州の六月は、まだそれほど蒸し暑くもなく、火照った肌にあたる夜風は、涼しくて気持ちがいい。

「たまにはこういうのも極楽っスね」

真弓クンが、満足したゴールデン・レトリーバーみたいに伸びをした。

「それじゃ、買い物して帰ろうか」

ぶらぶらと歩いて、旅館に戻りかけた時だった。

――男女が言い争うような声を聞いた。

寿司屋のガレージの暗がりから、ぱっと駆けだしてきた和装の女性を見て、佳音は驚いた。旅館の若女将だ。佳音には真似できないが、草履をはいて、和服でぱたぱたと旅館に向かって駆けていく。

「ノリネエ！」

男の声が叫んだのを聞いて、佳音は美樹と顔を見合わせた。

「今の――」

暗がりから、若女将を追いかけて出てきたのは、松尾光だった。こちらには気づいていないようだ。彼は、呆然と若女将の後ろ姿を目で追い、それからゆっくりと旅館に戻る道をたどり始めた。佳音らは、松尾の姿が角を曲がって消えるまで、息をつめて見送っていた。

「ど——どういうこと？」

松尾光には、どうやら秘密があるようだ。

「ここの若女将が、松尾君のお姉さんなの？」

グラスにビールを注ぎながら、狩野夫人が目を丸くしている。

「あの子も気がきかないわね！　もっと早く教えてくれたら、ホテル代が安くなっていたかもしれないのに」

——そういう問題ではありません、夫人。

「まあ、ノリネエと呼んだだけですから、本当のお姉さんかどうかはわかりませんけど」

佳音は首をかしげ、夫人からグラスを受け取った。旅館に戻り、狩野夫人らの部屋に、ビールや日本酒、おつまみの詰まった袋を提げて、おしかけてきたところだ。仲居さんが敷いてくれた布団を部屋の隅に押しやり、真ん中に折り畳みのテーブルを出して、女性隊員らが集まって飲み始めている。十畳ほどの部屋で、布団の隙間に六人が転がり込むと、ちょっぴり窮屈だ。

「でも、なんというか——妙なムードだったんですよ」

「妙なムード？」

「たぶん旅館の人に見つからないように、離れた場所で、隠れて口論していたっていうか――」

狩野夫人がしばしこちらを見つめ、ふうとため息をついた。

「あなたっておかしな人ね、鳴瀬さん」

「ええと――」

「他人のことはよく見えるくせに、自分については何にも見えないのね」

「いやその――」

渡会と松尾のダブル告白事件からというもの、隊内の女性たちの風当たりが若干強いような気がするのだが、気のせいだろうか。

「佳音の救いがたい鈍感さはさておき、松尾君と若女将の様子が変だったのは確かですね。特に松尾君は、いつものへらへらした感じでは全然なくて、妙に寂しそうでしたよ」

美樹がチーズ鱈《たら》を齧りながら口を挟んだ。

「ん、このチーズ鱈、うまいわ」

「美樹先輩、この燻製《くんせい》玉子もいけます」

真弓クンと一緒に、おつまみの品評会をやっている。真弓クンは、さっそくビールに日本酒にワインとちゃんぽんして、顔を赤くしていた。

「松尾君はたしか、奈良の出身だったわね。お姉さんは結婚してここに来たのかしら」

「家族の話を、そこまで詳しくは聞かなかったですからね」

「松尾君がここに来たのは、私たちが泊まっているからじゃなくて、お姉さんがいるからなのかしら。どうも、彼の真意はよくわからないのよね。渡会君をさしおき、鳴瀬さんに告白したことも含めて」

「いやまあ、さしおいてはいませんけどね、渡会のやつが先に告白しましたから」

ケケケ、と美樹が笑うのを、佳音は恨めしく見つめた。こうやって噂を広めてくれたわけだ。

「そう言えば、さっき渡会に電話したんですよ。電話に出ませんでしたけど。松尾君が長野にまで佳音を追いかけてきてるよって、留守電に入れておきました」

「吉川さん。あなたも、他人のことにちょっと口を出しすぎじゃないかしら」

狩野夫人のお小言に、美樹が首を縮める。

――もっと言ってやってください、夫人！

ついに、テーブルに肘をついている女性陣が、ずいと身を乗り出してこちらを見つめたので、佳音は小さく「うっ」と呻《うめ》いた。

「――で、どうするんですか、鳴瀬さん」

真剣に問いかけたのは、土肥諒子《りようこ》空士長だ。りさぽんや真弓クンも、興味津々で見守っている。

「どうって――」

「ふたりのどちらとつきあうんですか」

どちらともつきあわないという選択肢がなさそうな質問に、佳音は「ううう」と唸りつつ口ごもるしかない。

「佳音ったら贅沢《ぜいたく》よねえ、ほんとに。渡会にしても松尾君にしても、世間一般の平均的男子と比較して、かなりいい線いってると思うんだけど。何が不足なんだろう。ねえ、聞いてる？」

美樹が呆れたように言った。

「べつに、ふたりがダメだとか言ってないじゃん」

手元にあった枕を投げると、美樹がキャッチして投げ返してきた。

「こんばんはー。お邪魔していいですかー」

開け放した部屋の出入り口から声が聞こえ、佳音はぎょっとして振り向いた。まさに話題の主の片割れ、松尾光が四合瓶を掲げて立ち、中を覗いている。

「ちょっと、松尾君！　ここ女子部屋なんだからさあ。覗くなよ」

「だって開けっ放しじゃないですか。僕、今日、休暇中ですから、大目に見てくださいよ」

笑顔でするりと侵入してきた松尾の様子に、佳音は美樹と顔を見合わせた。

——こいつ——酔ってる？

「おーい、松尾はどこ行った」

「まだ酒残ってるぞー」

廊下で安藤〝主水之介〟らが呼んでいる。松尾は扉の陰にしゃがんで隠れ、にやりとしながら人差し指を唇の前に立てた。どうやら、今まで安藤らと飲んでいて、飲みすぎたので逃げてきたらしい。

「すみません、しばらくかくまってください。安藤さんたちの部屋、美味しい日本酒が多すぎて困るんです。ついでに、一本もらってきちゃいました。どうぞ、これショバ代」

にこにこしながら差し出したのは、「明鏡止水」の四合瓶だった。言うにことかいて、ショバ代ってのはどうだろうか。いちおうこれでも、女性陣の部屋なのだが。

「あっ、悪いやつだなあ。あとで安藤さんたちに叱られても知らないよ」

そう言いながら、美樹はさっそくグラスを用意している。

「大丈夫ですよ、皆さん太っ腹ですから」

松尾はいつも通りの笑顔だが、つい小一時間前に、若女将と一緒にいた時の憂い顔を見た身としては、額面通りに受け取ることができない。

「向こうで何を話してたの？」

狩野夫人がさりげなく水を向ける。

「僕には事情がよくわからなかったんですけど、明日は『信濃の国』という曲をラストで演奏すべきなんじゃないかって、皆さん迷ってるみたいですよ」

ああ、とうなずいたのは狩野夫人だけで、佳音たちは説明を求めて首をかしげた。狩野夫人が解説を始める。

「『信濃の国』は、長野の県歌よ。一般的に、県歌って地元の人にあまり知られてないことが多いけど、長野のこの曲は別格なの。イベントなどのたびに、会場で大合唱が始まったりするくらい、みんなよく知っているし、愛されているのね。今回のふれあいコンサートでは、これをアンコール曲にするかどうか迷っていたんだけど、あえて別の選曲にしてみたのよ」

明日は二部構成で、第一部が「吹奏楽オリジナル、クラシック名曲選」と題し、レナード・バーンスタインの『キャンディード』序曲とB・アッペルモントの、トロンボーンのための『カラーズ』。第二部は、「ポップス・イン・ブラス！」と題して、世界のポピュラー音楽を楽しんでもらう趣向だ。コンサートの最後に、中野市のイメージソング『空みあげて』を演奏するので、『信濃の国』とはイメージがかぶるため、やめたのだろう。

「五反田二尉が、ホテルの人に『信濃の国』はやるのかって聞かれたらしいです。今から立川の当直に電話して、楽譜をバイクで届けてもらえば間に合うかもって、冗談まじりに相談してましたよ」

「まあ、さすがにそれはないわよね」

狩野夫人と語り合っている松尾の横顔を、佳音はなんとなく見つめた。たしかに、沖縄にいる清水絵里たちが大騒ぎするのもよくわかる。アイドルグループにいてもおかしくないような、整った顔立ちだし、なにより愛嬌《あいきょう》がある。男にも女にもひたすら好かれるという、人たらしだ。

その松尾が、自分に告白したというのは解《げ》せなかった。正直、あまり本気にしていない。お調子者だから、渡会が告白するのを見て、ついうっかり悪ノリしたのだろうか。いや、いくら松尾でも、ついうっかりで告白はしないか。

「なあに、佳音。なに松尾君を見つめてるの」

美樹がずいと顔を近づけてくる。その頬が赤くて、目がとろんとしている。

「美樹、あんた飲みすぎ！」

「そんなに飲んでないわよ、失礼ねえ」

いやいや、もう充分に酔っている。美樹はそんなに飲まないほうなのだ。今日はふだんの生活圏を離れた解放感のせいか、さっきからペースが速かった。いつもは立川周辺で飲んでいても、ちゃんと旦那のいる自宅に戻らなければならないので、最終電車を気にしている。

「えっ、鳴瀬先輩、僕の魅力にやっと気づいてくれました？」

松尾が嬉しそうにこちらを振り向く。

「そうじゃない、そうじゃない」

「鳴瀬先輩、あたしもそんなに飲んでないっス」

「ちょっと、真弓クン――」

いきなり乱入してきた真弓クンまで、顔が真っ赤でろれつが回っていない。真弓クンはお酒に強くて、顔はすぐ真っ赤になるけれど、そこからまだまだ飲めるタイプだ。ところが、ある一線を越えると、突然バタンと倒れて寝てしまうのだった。そろそろ、その一線に近づいている。

「今夜はここでおひらきにしたほうが良さそうね。明日も早いから」

狩野夫人が冷静に告げた。鶴のひと声だ。まだお酒やおつまみは残っているが、美樹や真弓クンも、おとなしく御輿《みこし》を上げ、テーブルを片づけたり布団を敷きなおしたりするのを手伝い始める。

「鳴瀬さんは、残ったお酒を他の部屋に提供してあげて」

きっと男性陣は、まだまだ飲むのに違いない。佳音は素直に、酒屋でもらった手提げのポリ袋に、ビールや開けていないワインなどを突っ込んだ。

「僕、一緒に行きますよ」

さっと、松尾が手を伸ばして袋を持ってくれる。こういうところは気がきくやつだ。

「あーっ、なんだ、鳴瀬と松尾が一緒に来るとは反則だなあ。こっちの部屋でも飲んでいけよ」

安藤〝主水之介〟は、あいかわらずの酒豪で、いまだ飲む気まんまんだ。部屋に入れと手招きするのを、佳音は苦笑して断った。

「ムリムリ、もう飲めませんよ。これ、差し入れです」

「お前、こんな時刻に新しい酒なんか渡されたら、飲みきるまで寝られないじゃないか！」

「ビールも残ってるけど、安藤さんの部屋は日本酒にしといたから。えっ、全部飲みきるつもりなんですか？」

「お前なあ」

あちこちの部屋に酒を配り、松尾とペアなのを同じようにひやかされ、袋が空っぽになった時点で、佳音は松尾君と顔を見合わせて苦笑した。

「こうなったのは、松尾君と渡会のせいだからね」

「わかってます。鳴瀬先輩は何も悪くありません。反省して責任を感じています」

殊勝な答えだが、松尾の目がくるくると悪戯《いたずら》っぽく輝いているのを見ると、反省しているという言葉をどこまで信用していいのかは疑問だ。

この機会に、松尾が突然、渡会と張り合うように告白した理由を、じっくり聞いてみたくなった。ひょっとすると、狩野夫人が自分に酒を持たせて送り出したのは、そういう状況を作るためだったのかもしれない。

「じゃあ、松尾君ちょっと、一階のロビーでお茶でも飲もうか」

「いいんですか！　僕もお誘いしようかなと思ってました」

松尾が表情を輝かせる。

深夜なので、旅館のロビーは照明をほとんど消しており、フロントにも人の姿はない。フロントデスクに呼び鈴があって、用があれば鳴らしてくれと書かれている。

佳音は自動販売機で緑茶のペットボトルを二本買い、一本を松尾に押しつけた。

「ありがとうございます。嬉しいなあ、これ渡会先輩に自慢できるなあ」

いちいちおおげさに喜んでいるが、こういうことを言うから引っかかるのだ。

「そろそろ話してくれてもいいんじゃない。あの時、どうしていきなり告白したのか」

ロビーのソファに腰を下ろし、ペットボトルの蓋《ふた》を開けながら、佳音は松尾をじろりと睨んだ。というか、狩野夫人を真似て睨んだつもりだったが、松尾は意に介した様子もなく、照れ笑いを浮かべている。

「いきなりじゃないですよ。僕、鳴瀬先輩が好きだって、何度も言ったじゃないですかあ」

——な、なんだと。

佳音はひるみつつ、沖縄に業務支援に行った際に、松尾と会ってからの会話を脳内で素早く再生した。

——なるほど、言っていた、かも。

ほとんど冗談としか思えないような軽いノリだったが、たしかにそれに近いことは言っていた。お姉さんが悪かった。

「でも——やっぱり、よくわかんないよ。だってさ、松尾君と私って、そんなに長いつきあいでもないじゃない。沖縄で二週間、一緒に仕事したくらいでしょ」

「その前から僕は、立川の研修期間中に鳴瀬先輩を見て、ずっと憧れてましたけどね」

またにっこりと松尾が笑う。どうもこちらの分が悪い。

「鳴瀬先輩は、僕が嫌いですか？」

「えっ、全然そんなことないよ！」

「一緒にいるの、いやですか？」

「だから、いやならここに誘ってないよ」

「それじゃ、第一段階は合格ですね、僕」

佳音はぐっと言葉に詰まった。松尾の表情はまぶしいくらいだ。まったく、年下のくせに、なんという人たらしだろう。

「――そんなこと言ってくれるのは嬉しいけどさ。松尾君って、私より六つは年下だよね」

「鳴瀬先輩、年下は対象外ですか？」

松尾の顔が、飼い主に叱られた子犬みたいにしょげている。

「い、いや、対象外とは言わないけど」

「良かった！　だって、たったの六つじゃないですか。今どき、そのくらいの年の差なんて、誰も気にしませんよ」

「そ、そう、たったの六つ――」

六歳違いが、たったの、ですまされるものかどうかはともかく、佳音は松尾の言葉に引きずられるようにうなずいた。

「第二段階も合格ですよね、僕」

松尾のやつ、なかなか強引だ。しかし、このまま松尾のペースに引きずられているわけにはいかない。佳音は頭を下げた。

「ごめんなさい！」

「えっ、いきなり謝るんですか」

「だって、松尾君はいいやつだけど、恋人っていうより弟って感じだもん」

「ちょっと待ってくださいよ」

松尾が、むっとしたように真顔になった。彼のそういう表情は初めて見た。「弟」と言ったのが、まずかったのかもしれない。そう言えば、旅館の若女将がお姉さんで、なにやらもめている様子だったではないか。

「鳴瀬先輩、いいですか。どうしてそうやって、なんのかんのと理由をつけて、逃げるんですか。渡会先輩のことにしてもそうですよね。高校からのつきあいで、友達だった時間が長すぎたから、恋愛が盛り上がらないいんじゃないかとか、よけいな理由をつくってずっと逃げ腰なんです。いいじゃないですか、そんなことはどうでも。つきあってみなければわからないことだって、あるでしょう。渡会先輩か僕か、軽い気持ちで選んでみてくださいよ。そしたら、何か変わるかもしれません。僕たち、そんなことでとやかく言いませんよ。たとえば鳴瀬先輩が渡会先輩を選んだって、僕は文句を言いませんし」

佳音は一瞬、松尾と視線を合わせたまま凍りついた。

「――えっ。文句言わないの？」

「――言わなきゃだめですか？」

松尾は、急に自信がなくなったように、おずおずと言った。

「いや、だめってことは――」

互いに顔を見合わせ、ぷっと吹きだす。

「なんか、変なの」

「もう、調子が狂っちゃいますよ。鳴瀬先輩は、どっちかを選んだら、あとのひとりが文句を言うと思っていたんですか」

「そんなことはないけど――ていうか、何も考えてなかったんだけど」

「本当ですか」

松尾が耐えきれなくなったように、くすくすと笑い始めた。

「もう、鳴瀬先輩おかしいですよ。真面目な話なのに、どうしてこんな会話になるのかな」

「私のせいじゃないからね！」

はいはい、と松尾が宥《なだ》めるように両手を挙げた。

「でもね、鳴瀬先輩が面白いから、僕も本当のことを言います。ほら、僕、前にお話ししたでしょう。僕がちょっとだけ、視える人だってこと」

——そう言えば。

佳音はその場の状況を思い出し、ごくりと喉を鳴らした。どちらかと言えば忘れてしまいたい記憶だ。沖縄で、佳音には視えていたおばあさんは、とっくに亡くなった著名な民謡歌手だったのだ。そのおばあさんの幽霊を、松尾も視ていたのだった。

「僕は今まで、他の『視える人』に会ったことがなかったんです。だから、鳴瀬先輩も視えるんだとわかると、とても嬉しくって」

「いやいやいやいや、それおかしいから」

もしそれで告白したのなら、それはいわゆる同胞意識であって、恋愛ではない。

「それに、私がそういうものを視たのだって、あの時だけだから。ほかは一度もないんだから、あれは松尾君がそばにいたせいかもしれないよ」

松尾が苦笑した。

「そう思いたい気持ちもわかりますから、いいですけどね」

松尾の表情がちょっと痛々しくて、佳音は黙り込んだ。同時に、自分が松尾についてほとんど何も知らないのだと、あらためて実感した。

――聞くなら、今しかない。

「――あのさ、松尾君。さっき、美樹たちと一緒に『楓《かえで》の湯』に行ったんだ。帰りに、ここの若女将と松尾君を見たような気が――するんだけど」

松尾が真顔になって目を瞬いた。

「え――」

「あの人って、松尾君のお姉さんなの？　いや、それならこっちもご挨拶しないと失礼なんじゃないかと思ってさ」

しばらく、松尾が驚いた表情のまま、固まっていた。思い切って言いだしてみたものの、佳音もどうしていいかわからず、沈黙を守るしかない。松尾と若女将の様子は、ただならぬ雰囲気だった。

しばらくして、松尾が笑いだした。

「いえ――まさか。違いますよ。さて、そろそろ休まないと、休暇中の僕はともかく、鳴瀬先輩は明日が本番ですよね！　明日は僕も、バックステージで聴かせてもらっていいですか？　その代わり、設営を手伝いますから」

松尾は身軽に立ち上がった。

「お茶、ごちそうさまでした！」

佳音の返事を待たず、にこやかに笑みを浮かべて、ぺこりと頭を下げると、そそくさとエレベーターに向かっていく。途中で、客用の大きなスタンド灰皿を蹴とばし、慌てて両手で押さえていた。どうやら内心ではかなり動揺しているようだ。

――こいつ、逃げたぞ。

好青年には違いないが、いろいろと秘密の多い男だ。

五階の部屋に戻ると、美樹と真弓クンは、すでに布団にもぐりこんでいた。奥から美樹、佳音、真弓クンという順番で布団を敷いている。真弓クンの足を蹴とばさないように気をつけて、そろそろと真ん中に進んでいく。

「遅い、佳音。さては、松尾君と密会していたな」

美樹が鋭く追及を始めた。地獄耳の理由は、きっとこの追及の鋭さに違いない。真弓クンは少々飲みすぎたらしく、すっかり熟睡しているようだ。

「もう寝るよ、美樹」

真弓クンを起こさないよう、ひそひそと囁いて、照明を消した。フン、と美樹が鼻を鳴らした。

「ここの若女将と松尾君の関係、聞きたくないってわけ？」

「どうして美樹がそんなこと知ってるの！」

「あたしじゃなくて、五反田二尉が若女将から聞いた話」

言われてみれば、一休さんのように目をくりくりさせた五反田二尉も、なかなかの情報通なのだった。

「五反田二尉が風呂からあがってきた時に、若女将にばったり会ったんだって。万端、行き届いてますかって聞かれたから、ついでに松尾君のことを、それとなく尋ねてみたらしいの」

――五反田二尉、なかなかやる。

きっと、なんにも後ろめたいところのない表情で、なにげなく世間話の一環として話しかけたのに違いない。五反田のそういうスキルはみごとなものだ。

「そ、それで？」

つい、美樹の話に引き込まれて尋ねた。

「ほんとのお姉さんじゃなくて、近所に住んでいたんだって」

真弓クンは布団のなかで、軽いいびきをかいている。彼女を起こさないように、ひそひそと話を続けた。

「それじゃ、近所の憧れのお姉さんって感じだったのかな。若女将ってことは、旅館の人と結婚したってことだよね。まさか、松尾君は、彼女を諦めきれなくて、休みを取ってここまで追いかけてきたとか」

「待ちなさいよ、それならどうしてあんたに告白したりするのよ」

「だってほら、真剣に告白したとは思えないんだよね。松尾君って、沖縄にいる時、わりと渡会と仲良くじゃれてたんだよ。それなのに、渡会が告白してる横から割り込むなんて、おかしくない？」

まあ、じゃれていたというか、渡会が一方的にあれこれ叱っていたようではあるが。

「松尾君とどうして口論していたのか、若女将に聞けたらいちばんいいんだけど、さすがにそれは、ぶしつけだからね」

美樹がため息をついた。なにしろ好奇心が強いので、自分の耳に入らない秘密があると考えただけで、知りたくてたまらなくなるのだろう。

——だけど、おかげで美樹が、渡会のことをあれこれ言わなくなった。

長野にいる間中、渡会をどうするつもりなのかと、みんなに——特に美樹に——責められ続けたらどうしようかと思っていた。

「——もう寝ようよ。ここで考えていても結論は出ないしさ。松尾君は明日もバックステージに来るって言ってたから、機会があったら聞いてみたらいいんじゃない」

若女将のことを尋ねたとたん、動揺して逃げていった松尾を思い出しながら、言った。若女将が近所のお姉さんだとわかった今なら、もう少しツッコミようがあるというものだ。

美樹があくびをかみ殺した。

「そうね。それじゃ、明日また聞いてみようかな。寝ないとお化粧のノリが悪くなるし。おやすみ、佳音」

「おやすみ」

佳音は寝返りをうち、布団のなかで赤ん坊のように丸くなった。お酒の効力か、温泉で温まったせいか、すぐに浅い眠りの淵《ふち》に引き込まれていく。

そのまま、朝までぐっすりと眠るはずだったのだが。

「きゃあああああ！」

突然、どこかで上がった金切り声に、ぱちりと目を開いた。隣の布団で、真弓クンが飛び起きている。

「な、何事ですか！」

ない。

「外みたいね」

美樹も目を覚まし、布団に起き直って様子を窺っている。廊下でひそやかな話し声が聞こえ始めたのは、まだ起きて飲んでいた人たちが、廊下に出て様子を見ているのかもしれない。

「ちょっと外に行ってみる」

美樹が立ち上がり、佳音たちの足を踏まないように、そろそろと布団をまたぎ始めた。

「えっ、美樹、よしなよ。危なかったらどうするのよ」

「そうっすよ、美樹先輩！」

「大丈夫だって」

好奇心の強すぎる同期に引きずられるように、佳音も続いた。

「どうしたの？　なんの声？」

廊下に出ると、案の定、スウェットや浴衣姿の隊員たちが、廊下をうろうろしている。午前一時を過ぎているが、あんまり異様な叫び声だったので、みんな気になって出てきたのだろう。

「今の、なに？」

「どうも、外みたいなんだよね」

バリトンサックスの斉藤が、つんつるてんの浴衣姿で首をかしげている。背が高いので、身に合う浴衣がなかったらしい。タンポポの綿毛のような髪型は健在だ。

また、外で誰かが悲鳴を上げた。佳音たちは、ハッとその声に耳を澄ませた。悲鳴だけではない。女性が何かを叫んでいる。

「いくらなんでも、おかしいよ。どこだろう。中庭かな？」

最初に旅館に入った時に、築山《つきやま》のある中庭を見かけた。廊下の窓から下を見ても、特に異常はないようだ。

「私たち、様子を見に行ったほうがいいんじゃない？　誰か怪我でもしていたら」

「旅館の人が対処するんじゃないかなあ」

「でも、放っておけないよ。誰か困ってたらどうするのよ」

気が進まなそうな斉藤を前に押し立て、佳音と美樹は階段を下りていった。安藤や五反田たちがこちらを見て、困ったやつらだという表情をしている。五反田はどこかに電話をかけ始めたようだ。旅館のフロントに連絡するのかもしれない。真弓クンは追いかけてこなかった。ひどく眠そうだったので、後は佳音たちに任せて、ひと眠りすることにしたのかもしれない。

「君らと一緒に行動すると、必ず事件に巻き込まれるんだよなあ」

斉藤がぶつぶつ言っている。

「斉藤君、それ私たちのせいじゃないからね」

五階から一階に駆け下り、声のした方向を頼りに、中庭に出る扉を探した。

「ここだね。ほら、このガラス戸」

目ざとい美樹が、館内の大浴場に向かう途中の廊下で、扉を発見した。宿泊客が迷い込まないようにとの配慮か、扉の錠は目立たない形状をしている。きっと、中庭の手入れをする時くらいしか、使わないのだ。そして、いまこの錠は外れていた。

旅館の建物は「コ」の字形をしていて、中庭は建物に囲まれている。ガラスの向こうに広がる中庭には、苔むした築山の、みごとな枝ぶりの松が照明に浮かび上がっていた。その陰に、和服姿の女性が立ち、上空を見上げていた。片手で口元を押さえ、もう片方の手は、泳ぐように空を切って、松の枝につかまった。

「――あれ、若女将だよね」

どうしたんだろう、と相談する暇もなく、美樹が果敢に中庭に飛び出していく。若女将が、こんな深夜にあんな悲鳴を上げるなんて、普通ならありえない。何かとんでもないことが起きているのだ。

「どうしたんですか！」

中庭へは、本来は靴で出るべきなのだろうが、非常事態だ。旅館のスリッパで佳音も飛び出した。

「あっ、あれ！　義母《はは》が！」

若女将がこちらに気づき、やっと駆け付けた応援にすがりつくように指さしたのは、新館の屋上だった。見上げたとたん、佳音たちも青くなる。

「ど、どうしてあんなところに――」

こちらまで慌てふためいて言葉に詰まった。屋上の端に立ち、両手を合わせて空を見上げているのは、小柄な高齢女性のようだ。よく見えないが、やっぱり和服に身を包んでいるようだ。

――まさか、飛び降り自殺？

これはまさしく、由々しき事態だ。屋上にはフェンスらしいものもなく、ちょっとふらつけば、そのまま落ちてしまいそうだ。

「誰か、屋上に行かれましたか」

上ずった声で美樹が尋ねた。若女将がうなずく。

「いましがた主人が！」

佳音は屋上の小柄な影を見上げた。へたに声はかけられない。うかつなことを言えば、飛び降りるかもしれない。若女将のご主人は、まだ屋上にたどりついていないようだ。

「あの、万が一に備えて、少しでもクッションになって受け止められるように、布団とか毛布とかマットとか、下に敷いておいたらどうでしょうか」

五階建ての屋上から落ちて、毛布や布団で受け止めきれるかどうかはわからないが、この際、できることは何でもやるべきだ。

「そうね！ 幸いうちは旅館だから、布団はたくさんあるし！」

若女将が、自分にもできることがあると気づいたせいか、凜々《りり》しい表情になって、旅館の中に飛び込んでいった。

「誰か！ 番頭さん！」

彼女の声が遠ざかっていく。

「ねえ、誰か出てきた」

美樹が指さす方向を見ると、屋上に、ふたりめの影が現れていた。若女将の夫、つまり旅館の主人だろうか。女性に話しかけているようだが、声はここまで届かない。きっと、母親に室内に戻れと声をかけているのだろう。

「中庭にマットを敷いて、その上に布団を積みます！」

廊下から、体育館のマットのようなものを抱えた若女将と、番頭さんや仲居さんたちが、何人も駆け付けてくるのが見えた。佳音たちも手伝って、中庭の苔のうえに、マットを敷き詰めていく。

仲居さんのひとりが、屋上を見て小さく悲鳴を上げたので、驚いて振り向くと、女性がふらついたように屋上の端に近づいてくるのが見えた。

――まずいまずい、まずいって！

「早く、布団を！」

大急ぎで、次から次へと運ばれてくる布団や毛布を、マットの上に積み上げていく。

「ちょっと佳音、もうひとり出てきた！」

美樹に肩を叩かれ、佳音もふたたび屋上を見上げた。ほっそりとした影が、ゆっくりと女性に近づいている。

――あれ？　あの華奢な身体つきと髪型は――。

「松尾君？」

「えっ、光？」

若女将も振り向き、彼らは手を休めて呆然と屋上の三つの影を見上げた。声が届かないので、何を話しているのかはわからない。それでも、ふらふらと建物の端に寄りつつあった女性の影が、ぴたりと止まり、しゃんと背筋を伸ばして松尾のほうを見ているのがわかった。松尾は両腕を彼女に向かって広げている。

次の瞬間、彼女の姿がすっと視界から消えた。

「ど——どうしたの？」

女性が、崩れるように屋上に倒れたように見えたのだが。

旅館の主人が屋上の端ににじり寄り、こちらに手を振った。「心配ない！」と叫んでいる。

「佳音、私たちも屋上に行くわよ」

「えっ、ちょっと美樹」

最初に駆けだしたのは若女将だった。中庭に積み上げた布団やマットの前で、やれやれと胸を撫でおろしている番頭さんたちに後は任せ、着物の裾をひらめかせ、貨物用のエレベーターに突進していく。美樹が毛布を一枚抱えて、後に続いた。

「私たちも念のために行きます！」

若女将が、開いたエレベーターに飛び込むと、佳音と美樹も駆けこんだ。

「お客様にまでご迷惑をおかけして——。本当に助かりました。ありがとうございました」

若女将が深々と頭を下げるのに、いやいやと美樹が手を振る。

「あの、差し出がましいようですが、いったい何があったんですか」

美樹は小細工を弄《ろう》するのが苦手だ。単刀直入にそう尋ねると、若女将は淡い葡萄色の着物の襟に手を当ててうつむいた。

「実は、義父《ちち》が昨年、みまかりまして」

佳音は美樹とそっと視線を交わす。

去年まで、旅館を経営していたのは、若女将の夫の両親だった。昨年、義父が七十八歳で肝臓がんを患って亡くなり、それから少しずつ、義母の様子がおかしくなったのだと若女将は言う。

「軽い認知症だと、お医者様はおっしゃるのですが」

旅館の経営が息子夫婦に任されるようになると、義母の出る幕はなくなった。仏壇の前に座る姿がよく目撃されるようになり、そんなとき彼女は、亡き連れ合いの位牌に話しかけている。時おり、何もない部屋の暗がりや、庭の木陰にも話しかける。

「黙って聞いていますとね、それがどうやら、死んだ義父に話しかけているようで。本人に尋ねますと、義父がその場にいるというんです。義母には、義父が目の前にいるように見えているんです」

若女将は、ゆっくり上っていくエレベーターの階数表示を見つめ、肩を震わせた。

身の回りの環境が急変することで、高齢者の認知症が急速に進行することがある。義母の場合は、そういうケースではないかと医者に言われたのだという。

「でも、私にはなぜか、ただの認知症などではないような気がして」

若女将がぽつりと漏らした。ちょうど屋上に到着したところだった。扉が開くと、佳音たちも若女将に続いて外に出た。

「良かった、来てくれて。おふくろを運び入れるのに、ふたりじゃ無理だと話していたところなんだ」

「僕が非力で、すみません」

倒れている女性のそばに、松尾光と、人の好さそうな中年男性が立っている。若女将とは、少々、年齢が離れているようだ。

屋上には照明がなく、月明かりと若女将の持つ懐中電灯が頼りだ。

「毛布を担架の代わりにしましょう」

美樹が、てきぱきと毛布を床に敷いた。物干し竿と毛布で、簡易な担架をつくることができる。佳音はすぐ彼女の意図に気づき、物干し竿を取りに走った。屋上はどうやら、物干し場として利用されているらしい。助かった。竿がいくらでも手に入る。

「ここに載せてください」

旅館の主人と松尾が協力して、毛布を折って竿を通しただけの担架に、女性の身体をそっと下ろす。担架を持ち上げて、エレベーターに運びこむ。

エレベーターの照明のもとで、担架に載せられた女性の顔を初めて見て、佳音はハッとした。

——旅館の前で会った、おばあちゃん。

渋い鼠色の着物に、銀色の帯を締め、髪をきちんと結い上げた女性は、急造の担架に載って、すやすやと眠っている。小柄で可愛らしい感じだった。

「——突然、屋上なんかに行くから」

全員がエレベーターに乗り込むと、事態がおさまってほっとしたのか、若女将が声を震わせて顔を覆った。

「——則子《のりこ》」

旅館の主人が、人の好さそうな顔に苦しげな表情を浮かべ、彼女の肩を抱いた。若女将の名前は則子というらしい。そのまま、佳音たち三人を見回した。

「皆さんにも、こんな夜更けにご迷惑をおかけして、本当に申し訳ありません。それに、君はたしか——」

松尾光が、わずかにひるんだような顔をして、頭を下げる。

「松尾です。おふたりの結婚式で、いちどお目にかかりました。ご無沙汰しています」

――なんだ、なんだ。

どうやら顔見知りのようだし、そのわりには、今夜、松尾が泊まっていることを、宿の主人は知らなかったようだ。

「私が頼んで、わざわざ沖縄から来てもらったの。ちょうど今夜は、自衛隊の音楽隊の方が宿泊されているし、彼も音楽隊の隊員さんだから、いいかと思って」

若女将がとりなし顔に言った。エレベーターの中に、顔がこわばるくらいの緊張感が満ちていて、佳音は担架の上で寝ているおばあちゃんがうらやましくなった。

「それで」

ようやく口を開いたのは、旅館の主人だった。

「その――視えたんですか。うちの親父《おやじ》」

視線の先にいるのは、松尾だ。松尾は珍しく、大きな目を真剣に見開き、困ったような顔をしている。松尾の個人的な事情を知らない美樹はぽかんとしていたが、佳音にはうすうす事情が呑み込めてきた。

つまり、若女将は、亡き夫の霊がいるという義母の言葉が本当かどうか確かめたくて、松尾を呼んだのだ。義母の肉親である夫には、内緒だったようだ。そっと様子を見てもらい、静かに帰ってもらう。ちょうど音楽隊が宿泊しているから、松尾にとっても悪い話ではない。

しかも、旅館の主人も、松尾が「視える」ことを知っているらしい。

松尾がゆっくりうなずいた。

「――視えました」

若女将と主人が、息を呑んだ。その驚愕《きょうがく》の表情からして、亡き夫の霊が見えるという母親の言葉を、ふたりとも信じていなかったのだろう。若女将の動揺は、傍で見ていても気の毒なくらいだ。

「――それは、つまり、うちの父が何か言いたいことがあるということですか」

主人が困惑したように首をかしげる。松尾が急いで首を振った。

「そうとは限らないです。僕はただ姿が視えるだけで、彼らと話したりできるわけではないんですが、彼らは何も理由がなくても、ただそこにいるだけのこともありますし、もちろん心残りがあって現れることもあるでしょうし」

松尾が妙にハキハキと答えている。

「でも、とってもいいお顔をされていましたよ、お父さんは」

「ど、どういうこと？　なんの話？」

美樹が、佳音の腕をつかんだ。――思い出した。現実家の美樹は、霊感とかオカルトめいた話が苦手だ。怖いものなしの吉川美樹だが、唯一、目に見えないものは怖いのだ。

「あとで説明する」

佳音は美樹に耳打ちした。

「なんであんたが知ってるの？」

「沖縄でちょっと」

呆然とする美樹はさておいて、一階に到着したエレベーターの扉を押さえ、旅館の主人と松尾が担架を運ぶのを手伝う。番頭さんたちが、駆け寄ってきた。

「ひとまず離れに運ぼう」

「救急車、呼びますか」

「いや、様子を見たほうがいいよ」

若女将がくるりとこちらを向いて、真剣な表情でこちらの手を取らんばかりにした。

「本当にありがとうございました。お客様はどうぞもう、お休みになってください。明日の朝、あらためてお礼とお詫びに伺います。お部屋の番号を教えていただけますか」

「いえ、そんなの気にしないでください」

佳音たちは手を振って固辞したが、若女将は深々と腰を折り、必ず明日ご挨拶に伺いますと言って、担架の後を追った。

松尾はそのまま、担架の一方の端を抱えて、彼らとともに立ち去った。去り際にこちらに目くばせし、「あとで」と唇を動かすのがわかった。

「あちゃあ、松尾君、部屋に来る気だよ」

「どうせ、このままじゃ気になって寝られないけどさ」

どういうことなの、と美樹に詰め寄られ、佳音はしかたなく、沖縄でのエピソードを彼女に説明した。

「えっ、じゃあ、松尾君は霊が視えるってこと？」

「本人の自己申告によればね」

すっぱい梅干しを口いっぱいに詰め込んだような顔をして、美樹が目を細めた。

「屋上に、なにか、い――いたの？」

「さあ」

さすがにそれは、佳音も見たわけではないからわからない。部屋に戻ると、廊下に出て様子を窺っていた隊員たちの姿は消えていたが、やはりまだ気になっていたのか、佳音たちの足音を聞きつけて、ひょいと五反田が部屋から顔を覗かせた。

「あっ、帰ってきた」

「どれどれ」

「どうだった、どうだった」

なんのかんの言いながら、みんなけっこう好奇心が強い。とはいえ、深夜に女性の金切り声というのは、心配にはなるけれど。

どう説明したものかと、佳音は美樹と顔を見合わせた。松尾が霊を視たなんて、とても言えたものではない。

「えーと、ごほん、皆さん、お静かに」

佳音が広報よろしく咳払いし、両手を挙げて「静粛に」のポーズをとった。

「こちらの旅館の大奥様が、軽い認知症になっているらしくて。ひとりで屋上に出て危険な状態だったので、発見した若女将が助けを呼んでいたんです。もう、ぶじに救出されました」

「そういうことでしたか、良かったですね」

五反田が、ほっとしたように言った。事情がわかると、良かった、良かったと言いながら、みんなまた部屋に戻っていく。

――やばい。もう午前二時だよ。

早く寝ないと、明日は演奏会本番だ。

「――もう落ち着いたの？」

隣の部屋から、狩野夫人が顔を出していた。やはり、この騒ぎで眠れなかったらしい。

「はい、それが――」

言いかけたところに、廊下を松尾がやってきた。

「お待たせしてすみません、やっとおばあさんも寝てくれました」

「あら、松尾君？」

狩野夫人が、松尾と佳音たちを見比べた。彼らの表情から何を読み取ったのか、しかたのないやつだと言わんばかりの表情になった。

「まだ話は終わってないみたいね。――ここで話すとみんなの迷惑になるから、ロビーに行く？」

「ノリネエは、子どものころから近所に住んでいて、四歳年上でいつも遊んでくれるお姉さんだったんです」

毒を食らわば皿までというが、既にそんな気分だった。午前二時。睡眠時間はどんどん削られていく。しかし、「睡眠不足はお肌の大敵」と常に佳音たちをたしなめるはずの狩野夫人まで、こうして一緒に来ているのだから、誰も止めるものがいない。

めいめい、好きな飲み物を自動販売機で購入し、薄暗いロビーのソファに座りこんだ。説明を始めた松尾の周りを、狩野夫人、美樹と佳音が囲んでいる。

「本当のお姉さんじゃないことは聞いたよ」

ノリネエなどと気軽に呼びかけるから、勘違いするのだ。松尾が気まずそうにうなずく。

「遠い親戚で、血のつながりがあるものだから、そう呼ぶのが癖になっていたんですけどね。そんなわけで今でも気安くて、先週もノリネエから電話がかかってきたんです」

若女将は、三年前に旅館の跡継ぎと結婚し、奈良から長野に移ってきた。夫は年の離れた四十代、まだ両親が健在で、若女将は夫とともに旅館の経営をゆっくり学んでいけばよかった。

状況が一変したのは、昨年、義父が亡くなってからだ。

「お義母《かあ》さんが、旅館の経営を息子夫婦に任せて、引っ込んでしまったんです。若主人も今では立派な経営者で、特に問題はないんですが、それまで忙しく働いていたのに、突然環境が変わったせいか、お義母さんは急にもの忘れが激しくなって、認知症の症状が出てきたそうで。時々、亡くなったご主人がそこにいると言うようになったそうなんです」

「それで？　松尾君はなぜここに呼ばれたの」

「それは、僕がちょっとだけ、霊とか視える人だからです。ノリネエはそれを子どものころから知っているので、ここに来て、本当かどうか確かめてほしいって」

「そうなの？」

あまりに平然と狩野夫人が尋ねたので、佳音は一瞬、心臓が停まるかと思った。

「ふ——夫人。そこ、突っ込むところでは」

「あら、どうして」

「霊ですよ、霊！」

「あのね、鳴瀬さん。あなたたちと長年つきあっているとね、その程度の不思議が起きても、ちょっとやそっとでは驚かないわ」

——そうですか。

佳音はすごすごと引き下がった。

「亡くなったご主人は、釣りが趣味だったそうです。時間のある時には、釣竿を抱えて、車で川釣りに出かけていたらしいですよ。奥さんは、旅館もありますから、なかなか一緒には行けなかったようですけど。ご主人は、釣りに出かける時の服装で、にこにこしながらそばに立ってることが多いそうです」

「——にこにこしながら」

美樹が、松尾の言葉を繰り返した。

「あんまり、悪い霊って感じはしないですよね」

「そう言えば、私たちが『楓の湯』から戻ってくる途中に、松尾君と若女将を見かけたんだよね。あの時は、ふたりでそういう相談をしていたわけ？　旅館の人たちに聞かれないように、こっそりと？」

「ええまあ、そうなんですけど」

松尾の歯切れが悪い。

「旅館で働いている人たちやお客さんの前で、幽霊の話なんかできませんよね。だから隠れて話してました。ノリネエは、僕がおばあさんのことはそっとしておいたほうがいいと言ったものだから、感情的になったんです。まさか、皆さんに見られているとは、思いませんでしたけど」

「それで、さっき屋上に出たとき、松尾君には先代のご主人が視えたのね？」

狩野夫人があくまで冷静に尋ねた。この冷静さを見習いたいものだ。

「いえ、それが——」

松尾が妙な顔をして言いよどむ。

「——視えなかったんです」

「えっ！　でも、さっき若女将たちに、視えたって——」

——とってもいいお顔をされていたとか、もっともらしいことを言ってたくせに。

先ほどの会話を思い出し、佳音はつい叫んで口を押さえた。

——深夜だった。

「僕にも、そういう現象のすべてが視えているのかどうか、自信はありませんから。ひょっとすると、おばあさんには視えているかもしれないでしょう。それに、もしそれが霊などではなくて、おばあさんの心の中に住む先代のご主人だったとしたら、それを否定してはいけないような気がしたんです。僕が否定すると、ノリネエや旦那さんたちが、そんなものはいないよって、おばあさんに言いそうだったから」

松尾の穏やかな説明を聞きながら、佳音は唸った。なるほど、奥が深い。ふだん、ヘリウムガスを満タンに詰めた風船くらい軽い松尾の言葉だけに、信じられないくらい重みを感じる。

「たしかに、正しいことを言うだけが、良いとは限らないわね」

狩野夫人があっさりと応じたのも、懐の深さを感じさせた。

「目に見えることだけが、真実だとは限りませんよね。僕らのいう科学も、まだ完璧ではないですし。今はオカルトとか霊感とか呼ばれている僕のこの能力だって、いつかは科学で解明される可能性が、ないわけじゃないです。だから、百パーセント否定することはないんじゃないかと思って」

狩野夫人が、何も言わずにうなずいた。

「もし僕が、幽霊なんか視えなかったよと言えば、ノリネエが安心するのはわかっているんですけどね」

「そうなの？」

「ノリネエは、けっこう怖がりですから。だけど、誰かのためにいいことをしようと思うと、誰かが傷ついたり、辛い思いをしたりすることもありますよね。だから僕は、いちばん弱い人を守ろうと思ったんです」

つまり、夫を亡くして気持ちが弱っている可能性の高い、あのおばあちゃんに、寄り添いたいということか。

——松尾、たまにはいいことも言う。

佳音はうなずいた。

ロビーには彼らの他に誰もいない。

「——ねえ。松尾君には、ここのロビーに、私たちの他にも誰か視えたりするの？」

背筋の寒い心地がして、佳音は周囲を見回した。松尾がクスクス笑っている。

「大丈夫ですよ、鳴瀬先輩。今は何も視えませんし、それに、特に悪いものでなければ、怖がる必要もないですから」

　そう言われても、怖いものは怖い。

　狩野夫人がちらりと腕時計に目をやった。

「もう三時近いわね。これ以上、私たちにできることはなさそうだし、好奇心も満たされたことだし。いくら何でも、少しは寝ましょうね」

　佳音は美樹と顔を見合わせた。いまたしかに、諸事に厳しい狩野夫人が、「好奇心も満たされた」と言ったようだ。自分たちと長年つきあううちに、ついに夫人まで毒されたのかもしれない。

　ともあれ、彼らはやれやれと呟きながら立ち上がり、伸びをして、割り当てられた部屋に向かった。

「そう言えば明日のコンサート、ノリネエたちも来るそうですよ。楽しみにしてると言ってました」

　松尾が別れ際にそんな言葉を残していった。

「あーあ。なんだかいろいろ考えすぎて、疲れちゃった」

　佳音はため息をつき、部屋の布団にもぐりこんだ。睡眠時間は短いが、今夜は疲労で熟睡できそうだ。

寝たかと思えば朝だった。

そんな調子で、宴会場で旅館の朝食を食べ、大急ぎで荷物をまとめてバスに乗り込む。

若女将は挨拶したいと言っていたが、朝はこちらがバタバタしていたので、彼女も遠慮したようだ。

旅館を出る時には、若女将と視線が合って、深々と頭を下げられた。

「僕は、後から電車で会場に行きますね」

松尾は、まだしばらく旅館に残るつもりのようだ。

睡眠不足だが、コンサート本番でアドレナリンが出ているから、ちっとも眠くはならない。きっとコンサートが終わると、ぐったり疲れが出るのだろうけど。

バスで会場に向かう途中、スマホに電話がかかってきた。

「――渡会だ」

「え？」

隣の美樹が、耳ざとくこちらを振り向く。

「出なさいよ、早く、早く」

美樹が、松尾が信州まで追いかけてきたことを、渡会に密告したからではないのか。

急《せ》かされて電話を取ると、渡会が戸惑ったような声で『よう』と言った。

「久しぶりじゃん」

『ああ。そっち、松尾いる？』

「旅館に来てたけど、今はいないよ。あたしたち、もうバスに乗っちゃったから」

『そうか。——あいつ、暴走してないか？』

渡会の声が、なんだか不安そうだ。まるで、弟を心配する兄のようじゃないか。

「暴走って——」

『あのな。その旅館の若女将、松尾の初恋の人らしいんだ』

「——なんですって。どうしてあんたが、そんなこと知ってるの」

ひそひそとスマホに囁きかける。

『清水に聞いた。吉川と一緒で、あいつも地獄耳だから』

清水とは、沖縄で渡会を追いかけまわしている清水絵里のことだ。

『初恋の人に頼まれて、嫁ぎ先の幽霊騒ぎをおさめに行くなんて、お人好しの松尾らしいと言えば言えるんだが。こっちでもみんな心配してるんだ』

渡会が松尾を心配して、こんな電話をかけてくるのも驚きだったが、渡会の松尾に対する評価が「お人好し」だということにも、新鮮な驚きがあった。

「暴走――はしてないと思うんだけど」

バスの中で、詳しいことを説明するわけにもいかない。みんなに筒抜けになってしまう。

『それならいいんだ。とにかく、気をつけてやってくれ。すぐには答えの出せない問いだって、世の中にはいろいろあるさ』

渡会が、何かを噛みしめるように言った。彼から、そんなことを頼まれるとは思わなかった。

「ふーん、意味深。それって、私がすぐに答えを出せなくてもいいって言ってる？」

狩野夫人や美樹たちから、やいのやいのと責められていることを思い出しながら、ちょっと意地悪く言ってみる。

『――答えってのは、時期がくれば自然に出るものかもしれないしな。俺は焦らない』

「――」

戸惑った。どうして渡会は、こんなにゆったりとかまえて、大きな心で自分を受け入れるつもりなのだろう。高校生のころから知っているはずだが、こんな男だっただろうか。

『あのさ。俺だって成長するんだ』

黙っていると、こちらの気配を察したかのように、渡会が言った。

『沖縄に来て、いろいろ考えた。もともと、高校を卒業してすぐ、おまえが東京の音大に入ってさ、俺は地元の大学の法学部に入ったの、覚えてる？』

「そうだってね。後から聞いたけど」

『——だろ。それで、一年遅れて音大に入りなおしたじゃないか。だけど、お前がいた大学には入れなかったから、結局、お前にまた会えたのは、音楽隊に入隊した時だったんだ』

——そう言えばあのころ、渡会とは五年以上、会わなかった。

『誰かと誰かの人生なんて、出会ったり、別れたりの繰り返しだろ。だけど、おまえとは奇妙にちゃんとつながってる気がした。お前も前に、同じことを言ってたよな』

「——うん。たしかに」

『だから、俺は焦らない。じゃあな』

渡会がしみじみと言った。佳音は、戸惑いながら通話を切った。

「何か言ってた？」

「松尾君が暴走してないか、気をつけてやってくれって」

「ふうん。——まあ、渡会はもっと暴走したらいいと思うけどね。障害が足りないんじゃないの、あんたたちには」

美樹が意地悪く笑った。

今回の会場では、近隣の高校の吹奏楽部の生徒たちを招待して公開リハーサルを行い、本番までの間に質疑応答の時間も設けた。生徒たちは、とにかく熱心だ。パートごとに分かれて、彼らの質問に丁寧に答える。自分たちも、昔はこんなふうに目をきらきらさせて、教えを乞うていたのだと思うと懐かしい。

松尾とは、じっくり話す余裕もなかったが、約束通りに会場に来て、設営を手伝ってくれた。

「僕はバックヤードに隠れて聴いてます」

準備が整うと、近くで食事をしてくるからと、松尾は外に出ていった。

開演に先立ち、佳音たちがお弁当を食べ終えるころ、真弓クンが駆けこんできて、受付に旅館の若女将が来ていると言った。

「旅館のおばあさんも一緒っスよ。いったい昨日、何があったんですか。教えてくれてもいいじゃないですかあ」

こっちが大変な時に、ぐーすか寝ていたくせに、真弓クンは、ひとりだけ仲間はずれにされた気分でいるらしい。

「しかたないなあ。一緒においでよ」

美樹と三人でロビーの受付に行くと、若女将と、車椅子に乗ったおばあさんがいた。若女将とともに、おばあさんも頭を下げた。

「昨夜は私のせいで、とんでもないご迷惑をおかけしたそうで」

そう言いながらも、どこか晴れ晴れとした顔をしている。若女将が言葉を添えてくれた。

「――松尾君にも、お義父《とう》さんの姿が視えたそうよって、義母に話したんです」

「私は全然、自分の見たものを疑っていませんでしたよ。だけど、周囲の人たち、誰も見えないって言うんですもの。昨日、屋上であの若い方が、死んだ亭主に話しかけてくれましてね。ああ、やっぱりいるんだって、ホッとしたとたんに、気が遠くなっちゃったわ」

松尾の小さな嘘は、彼女らにとって、けっして小さくはなかったようだ。

「どうぞ今日は、ゆっくり聴いていってくださいね」

美樹が声をかけると、何度も頭を下げて礼を言った。もうすぐ本番の演奏が始まる。開始前に、ロビーで開催されていたミニコンサートも、そろそろ終わろうとしている。

「それでは、私たちはこちらで」

若女将が挨拶し、ゆっくりと車椅子を押して、客席へのスロープに近づいていく。

――あれ。

階段の手すりの陰から、すっと誰かが車椅子に寄り添い、おばあさんの横について歩きだすのが見えた。あの腕に、なんとなく見覚えがある。腕というか——シャツの袖の色に。

「さあ、もう支度しないとね」

美樹が真弓クンを促して、楽屋に戻ろうとしている。佳音は後ろ髪を引かれる思いで、もう一度、若女将たちを見た。

おばあさんのそばに立っているのは男性だ。同じように髪が真っ白で、薄いアースカラーというのだろうか、釣りにでも出かけるようなカジュアルな服装をしている。おばあさんはにこにこしながら彼を見上げているが、若女将はまったく気づいていないようだ。

——ああ、あの時の。

佳音はようやく思い出した。

旅館に彼らが到着した時、おばあさんの隣に、男性の手がちらりと見えたような気がしたのだ。あの時の袖の色は、まさにアースカラーだった。

「——ね。だから、先輩も視える人だって、言ったでしょ？」

いつの間にか背後に立っていた松尾が、満足そうにそう言った。

「み——視えてるの？」

愕然として佳音はそう尋ねた。

——視えると言ったり、視えないと言ったり、いったいどっちなんだ！

松尾が愉快そうに笑うと、佳音の腕を引っ張って、バックヤードの暗がりに誘いこんだ。

「今は視えてますよ。嬉しいなあ、やっぱり先輩も僕と一緒なんですよ。渡会先輩には申し訳ないですが、僕、ぜったい先輩のこと、離しませんからね！」

なんですって！　と佳音が目を丸くして嚙みつくより先に、松尾は手を放し、にっこり笑って舞台の裏に駆けていった。

星に願いを

——土肥涼子《どひりょうこ》の場合——

練磨室は、演奏会とは別の緊張に包まれている。

出入り口からちょこんと顔を覗かせた私たちは、会場内のパイプ椅子にずらりと腰を下ろした参加者の姿に、目をパチパチと瞬いた。会場のスクリーンには、昨年行われた「自衛隊音楽まつり」の映像が流れている。彼らは、無言でそれにじっと見入っているようだ。

私たち――すなわち、パーカッションの真弓クンこと長澤真弓、フルートのりさぽんこと澄川理彩、それにトロンボーンの私こと、土肥諒子だ。背の高い真弓クンの頭がいちばん上に、真ん中が私、いちばん下に小柄なりさぽんの頭が来て、きょろきょろと室内の様子を覗き込んでいる。

「これでほぼ全員ですよね」と、りさぽん。

「あとひとり、ふたりかな」と、私。

「あー、緊張してきたっス！」と、真弓クン。

今日と明日、立川の航空中央音楽隊庁舎では、音楽隊に興味のある十八歳以上、二十七歳未満の方を対象に、一日インターンシップが開催される。インターンシップは二日間にわたるが、参加できるのはどちらか一日のみだ。今年の採用で募集していない楽器であっても、今後ということもあるので、インターンシップに参加できる楽器の種類は多い。今年はボーカル兼ピアノ職の採用も予定しているので、インターンシップにもその募集が含まれている。

八月上旬のうだるような気温だが、何人かは濃紺のスーツに身を固めていた。迎えるこちらも、先輩らしくせねば――と緊張の面持ちだが、学生たちはさらに硬くなっていることだろう。

「私も何年か前には、ああして緊張しながらインターンシップに参加してたんっスよねえ！」

真弓クンが感慨深げに呟いた。

「えっ、真弓クンも参加したの？」

「そういう土肥さんも？」

「私は音大の三年生の時に」

「私は四年生の時っス。もう、募集に気づいたのもぎりぎりで」

そういうところも、真弓クンらしい。

たぶん、参加した年度は異なるものの、私と真弓クンはインターンシップで音楽隊に触れて、入隊を希望するようになったのだ。りさぽんは、おじいさんが音楽隊員だったので、迷わずこの道に入ったようだけど、私の場合はいろいろと迷いもあった。

——だって、自衛隊の音楽隊って、なんとなく怖そうだし。

「土肥さんは、いかにも自衛官って感じがするっスねえ。生まれてきた時から制服を着てたんじゃないかって感じ」

「えっ、そう？」

真弓クンの言葉に、私は目を丸くした。

自分の学生時代、実際のところは、制服にちょっと憧れてはいたけど、自分が「中の人」になることには抵抗も感じていた。家族はもちろんのこと、周囲にまったく自衛隊の関係者がいなかったし、自衛官になった自分を想像することもできなかった。

興味はあるけど縁のない世界、というところだろうか。

それでもインターンシップに参加してみたのは、もちろん音楽に関わる仕事がしてみたかったからだけど、加えて好奇心が強く、自分の居場所を必死で模索していたからかもしれない。

りさぽんが、ひょいと顔を出す。

「うんうん。土肥さんは、制服似合いすぎですよ。顔立ちが、きりっとしてるからかな」

「ほんとに？」

実を言えば、子どものころから、「きっちりしている」とか、「真面目そう」、時には「性格がきつそう」という評価をよく受けてきた。女性にそんなことを言うのは、誉め言葉とは限らない。女性らしくないと言いたい時に、そんな表現を使うこともある。私は内心、そんなふうに見られていることが嫌でしかたがなかった。

堅苦しくて真面目くさった自分なんて、嫌いだ。

一日インターンシップのその日、私は内心、緊張でハラハラしていた。

だけど、私の前に現れたのは——。

「参加者の皆さん、そろいました！」

廊下をバタバタと駆けてくる足音と、声が聞こえた。そうそう、この声だ。

——鳴瀬佳音三等空曹。

学生だった私の前に現れたのも、この人だった。人の好い笑顔と、時々しでかす憎めない失敗がチャームポイントの、「ドジっ娘《こ》」。いや、先輩に向かって「ドジっ娘」呼ばわりなんて、たいへん無礼なのだが、彼女にはそれが許されてしまう空気がある。尊敬はされてないかもしれないが（またまた失礼）、敵の少なそうなキャラクターだ。

「それじゃ、空いてるところに座ってください」

鳴瀬先輩の後から、学生を案内しながら、一休さん――もとい、五反田二尉が入ってきた。一休さんというあだ名も、鳴瀬先輩の命名だ。最初に聞いた時は、笑っていいものかどうか迷ったのだが、五反田二尉本人は、このあだ名が気に入っているらしい。

「皆さん、暑いなかお疲れさまでした。今日一日、皆さんのインターンシップを担当させていただきます、航空中央音楽隊の一休さんこと、五反田と申します。どうぞよろしくお願いします」

音楽まつりの映像は終わり、スクリーンにはオリエンテーリングの予定が表示されている。

五反田は軽くギャグを飛ばして、場の雰囲気をやわらげたかったようだが、参加者たちは硬い表情で会釈しただけだった。まだまだ、緊張は解けない。それもしかたがない。五反田自身もまだ、肩に入った力がほぐれていないようだ。

「今日は、皆さんと僕たち音楽隊とで、合奏をします。この後、楽器ごとに分かれていただいて打合せをします。それから音楽隊の演奏をまずは聞いてもらって、続いて皆さんにも演奏に参加してもらいます」

──そうそう、こんな感じだった。

五反田の説明を聞きながら、私はうなずいていた。何年か前、自分が参加した時も、こんな感じで一日が始まったのだ。

「それじゃ、それぞれの楽器の、パート長さんを紹介しますね。楽器ごとに分かれてもらいますから、自分の楽器のパート長さんを、よく覚えてくださいね」

スクリーンを背にして、パート長たちが並んでいる。五反田に名前と楽器を紹介されると、ひとりずつ手を挙げて前に進み出た。

今日、トロンボーンで参加する学生はいない。それだけが、ちょっと残念だ。

「で、最後になりましたが、サックスの鳴瀬さんです」

五反田三尉が、ようやく鳴瀬先輩の紹介にたどりついた。最初のバージョンの紹介原稿には、「音楽隊が誇るドジっ娘」と書いてあったらしいが、隊長が苦笑いしながら赤ペンで消したそうだ。まあ、ちょっと聞いてみたかったし、学生の反応を見てみたかった気はする。

「サックスの鳴瀬佳音です。今日は一日、よろしくお願いします！」

鳴瀬先輩が笑顔で頭を下げた。後ろで束ねた髪の毛が、ちょこんと一緒におじぎする。

（サックスの鳴瀬です。今日はよろしくね！）

学生のころに、初めて会った時の鳴瀬先輩の声が、耳によみがえる。

合奏が終わり、懇親会でのひとコマだった。トロンボーンのパート長さんが男性で、女性の話も聞いてみたくて、私は会場内を移動し、たまたま鳴瀬先輩の隣にたどりついたのだ。

（あ、トロンボーン吹いてた学生さんでしょ。すごく楽しそうだったねえ！）

コーラを紙コップに注いでくれながら、鳴瀬先輩が言ったことに、私は胸が高鳴るのを感じたのだ――。

＊

「すごく楽しそうだったねえ！」

そう言われて、私はどぎまぎしながら、相手の顔を上目づかいに見つめた。そんなことを言われたのは初めてだ。

「そ、そうでしょうか」

「うん、わかるよお。行くぞ、って時になると、眉が張り切ってた感じ」

「眉――ですか」

だってこの人、サックスだから私より前に座っていたはずだ。そんなの見えたはずがない。

「そうそう。自分が吹かない時に、きょろっと後ろを見ちゃったの。だって、今日しか会わない人もいるわけじゃない。どんな人が来てるのか気になるよねえ」

——きょろっと、って。

大人なんだから、たとえ本当は気になったとしても、そんなことしないし、あまつさえ学生に言わないだろう。この人、相当おかしな人だ。

「音楽隊、来てみてどう思った？」

「そう——ですね。実を言いますと、もっと怖いところかと思っていました」

言ってしまってから、私は「しまった」と思って口を手で押さえた。いくらなんでも、面と向かって「怖いところ」はないだろう。

でも、目の前の相手は、いかにも嬉しそうに笑いころげている。

「怖いって？　それはないよー。想像力、たくましすぎ！　なになに、鬼軍曹みたいなのが出てくるとか？　鬼の巣みたいなところだとか？」

「いや、その——」

こんなに楽しそうに笑う人がいるところだとも、あんまり考えていなかったのだが。

「ちょっと、佳音ったら」

隣にいた女性が、見かねたように口を挟んできた。

「でかい声で笑いすぎ。ごめんね、土肥さん。鳴瀬と同期の吉川です。よろしくね」

こちらの名札にもちらりと視線を走らせ、名前で呼んでくれる。吉川先輩のほうは、見るからに「できる人」という印象だ。

「私、結婚しても仕事を続けたいんです。ですから、できれば女性隊員の方に、そういうお話も伺えればと思いまして」

いきなりそんな切り口上で吉川先輩に質問したのは、緊張のせいだろう。正直に言えば、全身ががちがちにこわばっていた。それに、「結婚しても仕事したい」アピールをする気持ちも、正直あったのだと思う。堅苦しくて真面目くさったのは嫌と言いつつ、しっかりそういう自分を演出していたのだ。

「私も結婚してますよ」

吉川先輩がにっこり笑った。

「相手は、陸上自衛隊の隊員です」

「やはり、自衛隊の隊員さん同士でのカップルが多いんでしょうか」

「いえいえ、そんなことはないです。学生時代からつきあっていた人と結婚する人もいれば、外で知り合った人と結婚する人もいますし――。みんな、いろいろですよ」

「共働きになりますよね。家事の分担は、どうされているんですか」

「うちは、つれあいも家事が上手なんです。自衛隊にいると、アイロンがけに掃除に洗濯に縫物にと、家事全般のプロになりますから。だから、正直あまり困りません。食事は私がつくることが多いですけど」

「そうですか――」

せっかく、質問するのにぴったりな人が目の前にいるのだから、もっとあれこれ尋ねるべきだと思った。だけど、何も出てこない。

結婚したらどうなるの？

結婚したら、仕事を続ける上で何が障害になるっていうの？

そこからもう、未知の世界だ。所詮は、この質問を始めたことからして、「仕事をがんばりたい自分」の演出にすぎないから、具体的な将来像を思い描けていない。

私は続きが出てこず、困って口を閉じかけた。その時だ。鳴瀬先輩が、私の肩に手を置いた。

「大丈夫だよ」

「えっ――な、何がですか」

「結婚しても仕事と両立できるかとか、難しく考えなくても大丈夫だよ、きっと」

「先輩も、ご結婚されているんですね」

「ううん、私は結婚してないけどさ。周囲の既婚者たちをよく観察しているから」

　私はたぶん、疑いのまなざしをほんの一瞬、投げかけてしまったのだろう。吉川先輩が苦笑いし、鳴瀬先輩を制止しようとした。

「よしなさいって、佳音。土肥さんも、こういういいかげんなことを言うやつには、耳を貸さなくていいから」

　鳴瀬先輩が口を尖《とが》らせた。

「いいかげんじゃないわよ。美樹だって、そんなに難しく考えて結婚したわけじゃないでしょ。勢いで、えいって結婚したんでしょ」

「まあそうだけど。えいって何よ、えいって」

「吉川クンと美樹は、結婚した後に考えて、今の暮らし方を確立したわけじゃない。つまり、やってみたらどうにかなるんじゃないの」

　吉川先輩がそのとき見せた、実に複雑な表情の意味を、私はよく理解できなかった。だけど、正直、鳴瀬先輩の笑顔が、神々《こうごう》しいくらいまぶしく感じられた。

　かっちりと将来の行く先々を見据えて、自分にできる限りの備えをして──。

　自分の家族はそんなタイプばかりだし、私だってたぶんそうだ。真面目と言われるのは面白くないのだけど、本当に硬いのだ。

(やってみたらどうにかなる)

そんな気楽な言い方をされたのは初めてで、自分の視界がパーッと開ける気分がした。気持ちが軽くなった。

「――あんたって、ほんとに雑なこと言うわよねえ」

吉川先輩が、感心したように呟いた。鳴瀬先輩がむくれて顎をつんと上げた。

「雑で悪かったわね」

「す――素敵です」

「へ?」

ふたりがいっせいに私を見る。

「あの、素敵だと思います――やってみたらどうにかなるって考え方」

すみません生意気言って、と私はすぐさま顔を赤くして頭を下げた。だけど、その時に感じたのだ。自分はきっと、ここに戻ってくる。いつか、ここで仕事をしている。学校を卒業したらすぐ、ここに来られるかどうかはわからない。その年度によって、募集する楽器が限られるという話だし。私の卒業に合わせて、トロンボーンの募集があるとは限らない。だけど、何かが私を呼んでいるような気がする。ここに、自分の居場所があるのだと。

それで――。

＊

真弓クンの声で、私は我に返った。

「鳴瀬三曹、いまだに渡会三曹の気持ちに気づいてないのかな」

「どうかなあ。おかしいよね、他は全員知ってるのに、本人だけ気づかないなんて」

りさぽんまで、くすくす笑っている。

――そうなのだ。

私も、音楽隊に入隊するまで、吉川先輩のあの複雑な表情が、どういう感情に起因するものか、理解していなかった。

（やってみたらどうにかなるんじゃないの）

そう朗らかに語り、私を惹《ひ》きつけた鳴瀬先輩が、単なる天然女子だったことに――。

実は、なんにも考えてないというか、鈍感なだけだったのだ！

騙された、と一瞬くらいは思った。なにしろ、初対面の時の感動が大きかったので。だけど、鳴瀬先輩が悪いわけではない。私が勘違いをしただけだ。

それに、実際この仕事に就いてみれば、音楽隊は自分の性格に向いていた。あんなに嫌っていた、真面目できっちりした自分のもの堅さは、いざ仕事に向き合うと、自分で言うのもおかしいけれど、細かいことに目配りができて隙がなく、ひとつひとつの仕事をこつこつとこなしていけて、先輩たちから誉められた。友達と遊んだりする時に、なんとなく自分で疎ましく感じていたこの性格は、けっして悪いばかりでもなかったのだ。

——まだたまに、鳴瀬先輩の天衣無縫ぶりを、うらやましく感じることもあるけれど。

自分は、自分。

まあ、こういう職業選択のしかたもあるというわけだ。

「この曲、好きだなあ」

りさぽんがそっと呟く。

今日は、ボーカル兼ピアノの希望者も参加している。課題曲は『星に願いを』。一九四〇年のディズニー映画、『ピノキオ』の主題曲だ。

そばを通りすぎた学生が、『星に願いを』をハミングしていた。これから階上の練磨室に行き、パート練習をするのだろう。

——星に願いをかけるなら、あなたの夢はきっとかなう。

インターンシップのあの日まで、私は自分が自然体でいられる居場所を探し続けていた。

私の願いは、あの日ここでかなったようだ。

「こういうの見てると、なんか音楽隊に入った頃を思い出すよね。懐かしい」

参加者が散っていくのを見送り、りさぽんが呟いた。私たちは、それぞれの初心にしばし思いを馳せ、それから各個練磨室に向かった。

インデペンデンス・デイ

「佳音、朝食行くよ！　なに、そのかっこう」

同期の吉川美樹三等空曹が、呆れたように叫んでいる。マットの上でストレッチしていた鳴瀬佳音三等空曹は、顔を上げた。

「だってぇ、暑いんだもん」

美樹が唸るのも無理はない。男性陣の目がない部屋の中とはいえ、佳音はカーキ色のタンクトップに白いホットパンツ姿で、ぺたりと屈伸運動をしていたところだ。口答えする間にも、汗がつるりと背中を滑り落ちた。

「さっさと着替えてくれる？　夫人が外で待ってるんだから」

げっとひと声あげて、佳音は飛び起きた。カメラマンと結婚し、一児の母になって、表面的には菩薩《ぼさつ》のように柔和になった狩野夫人こと、狩野庸子三等空曹だが、怖い――もとい、偉大で頼れる先輩であることには変わりない。

待たせてはいけないと、慌てて半袖のTシャツとスウェットのパンツを探した。洗濯室から取ってきたばかりの着替えがある。

「あれ？」

畳んでおいたスウェットを穿こうとして、顔をしかめた。うまく穿けない。途中まではスムーズに足が通るのに、筒先から左足が出てこない。何かにつかえているようだ。

「んんんん――」

首をひねり、唸りながら足をバタつかせていると、美樹がイライラしたように呼んだ。

「ちょっと佳音、何やってんの！」

「待った、なんか変――あっ」

思わず叫んだ。

「やられた――！」

足首が、両足とも縫いあわされている。これでは穿けるわけがない。美樹がぷっと吹き出して、縫われたスウェットを見つめた。

「あーあ、やられたわね。それぜったい、〈妖精さん〉のしわざだ」

「うう――いつの間に――」

「干してる時でしょ。食事から帰ったら、糸を切ればいいじゃない。夫人が待ってるから、とりあえず今は他のを穿いていきなさいよ」

しかたなく、佳音は唸りながら、ストレッチ前に脱いだ別のスウェットに足を通した。

こっちはこれから洗濯するつもりだったのに、信じられない。

――航空自衛隊航空中央音楽隊には、いたずら好きの〈妖精さん〉がいる。

演奏会の本番前、いざ演奏服に袖を通そうとすると、袖口が縫われている。音楽隊の専用バスから降りようとすると、寝ている間に作業服の袖が座席に縫いつけられていて、身動きできなくなっている。もらった饅頭《まんじゅう》の箱を食べようと開けば、饅頭はすべて新聞紙を丸めてこしらえた団子にすり替えられている。そんなことが、たびたびある。先輩たちの代から、伝説のように語り継がれている〈妖精さん〉の正体は、音楽隊のメンバーなら知らぬものはない。それは――。

「おっ、鳴瀬、気づいた？　気づいたな？」

宿泊棟の廊下に、美樹と一緒に出たとたん、えびす顔の男性が、ほくほくしながら近づいてきた。〈妖精さん〉――こと、ホルン担当の橘高養正《きつたかようせい》一等空曹だ。四十歳をとうに過ぎた橘高が、〈妖精さん〉なんて愛らしいあだ名で呼ばれている理由は――まあ、名前を見れば明らかだが。

「やーい、鳴瀬がひっかかったー、ひっかかったー」

楽しげに踊るような足取りで、〈妖精さん〉こと橘高が食堂に去っても、佳音はがっくりと肩を落としたままだった。

「くっそー。二度とひっかからないように、気をつけてるつもりだったのに」

「またやられたの、鳴瀬さん？　あなた、よく橘高さんのいたずらにひっかかってるわね」

いつの間にか狩野夫人が背後にいて、呆れたように呟く。たしかに、佳音が橘高のいたずらにひっかかるのは、今年に入って、もう三度目——いや、四度目かもしれない。

佳音は、さらに深く沈み込んだ。

「しかたがないですよ、夫人。佳音は、〈妖精さん〉に愛されてますからね」

「やめてー！」

佳音は両腕を天に向かって突き上げた。

「まあ、いいじゃない、佳音。洒落《しやれ》のわかんないやつだと思ってたら、〈妖精さん〉だってこんなことしないだろうし」

「それもそうね。鳴瀬さんが、全方位に隙だらけということでもあるけどね」

美樹と狩野夫人のフォローが、ぐさぐさとガラスのハートに突き刺さる。

わいわい言いながら建物の玄関を出ると、広々とした緑の芝生がまぶしい。そして、立川とは明らかに違う、ぎらつく太陽、絵の具を溶いたように鮮やかな青空――。

「グッ・モーニン、オ・キ・ナ・ワ――！」

佳音は、青空に両手を広げた。

航空自衛隊の那覇基地に来ている。七月のこの週末、陸海空自衛隊の音楽隊による合同コンサートが、沖縄県宜野湾《ぎのわん》市にある沖縄コンベンションセンターで開催される予定だ。佳音たちは、ひと足早く月曜日に現地入りし、準備とリハーサルを行っている。

「だいぶ、風が強くなってきたわね」

狩野夫人が、髪に手をやって目を細めた。今週末は、台風の接近が心配されている。沖縄は、台風の直撃を受けやすい。毎年の恒例行事のようになっているから県民も慣れたもので、家は激しい嵐に耐えられるコンクリート製、瓦は風で飛ばないように漆喰《しっくい》で固めてある。いざ台風が来れば、ＤＶＤでも用意して建物の中に引きこもり、嵐が去るまで安全な室内で、亀のように頭を下げてじっと待つ。

「今回の台風９号でしたっけ、大型で強いって言われてますもんね。明日あたり台湾に近づくんでしょう」

美樹も空を見上げた。

火曜の今日はまだ晴天だが、この週末に沖縄を直撃するかもしれないというので、演奏会の開催すら危ぶまれている。

チケットはすでに発送済だった。準備に費やした労力が無駄になることもさることながら、楽しみにしてくれているお客さんをがっかりさせるのではないかと心配だ。

「あれえ、先輩たちじゃないですか！　今から朝ごはんですか？」

食堂のある棟まで、歩いていく途中だった。後ろから走ってくる足音がしたと思えば、明るく声をかけられ、佳音らは振り返った。

「松尾君？」

ジョギングパンツ姿の松尾光一等空士が、軽く足踏みしながら息を弾ませている。朝から基地内を走っていたらしい。

「僕も、着替えたら行きますから！」

朗らかな笑顔で手を振ると、松尾は身軽に駆けだした。

「——若いって、いいわねえ」

「ちょ、夫人！」

狩野夫人のしみじみとした声に、佳音は美樹とふたりでずっこけた。

「なに言ってんですか！　夫人にはカルロスさんがいるじゃないですか」

夫人はびくとも動揺しない。もともと、ものに動じない人だったが、近ごろはまた格別、巌《いわお》のような安定感を醸し出している。

「いやあね、変な意味じゃないわよ。あの踵《かかと》の高さ、見た？　腿《もも》の上がり方といい、あの年齢でなきゃ、あんな軽快な走り方はできないわよね」

「たしかに身軽ですね」

「うーん、松尾光の場合、羽でも生えてるみたいですからね」

佳音も唸りながら首を振った。正確に言えば、松尾光は身軽というより、身も心も軽やかなのだ。カルい、とも言える。そのせいか、渡会が佳音に告白した時、まるで便乗するかのように、自分もついでに告白した。

「そう言えば、例のダブル告白の件は、あれからどうなったのかしら？　その後、報告がないのだけど？」

狩野夫人が、たいして進展を期待していなさそうな調子で尋ねた。

「特に何もありませんよ。夫人が聞いて愉快なことは何も」

佳音は半笑いを浮かべて応じた。自分の周囲には、好奇心の強い人たちが多すぎる。

「あら、聞き捨てならないわね。私が聞いて愉快でないことならあるのかしら」

「ふ、夫人――」

「この際だから言っておきたいのだけど、渡会君が南西航空音楽隊に転属になった時、鳴瀬さん本人よりずっと、周囲のほうが心配したんですからね。だけど、なんのかんのと理由をつけて、鳴瀬さんが那覇に出張する機会があったし、渡会君も立川にやってきたし」

「そ、そうですよね。渡会のやつ、先日の競技会にも参加してましたし」

「お黙りなさい！」

狩野夫人が、きりりと細い眉を吊り上げた。

「今どき、沖縄と東京なんて飛行機に乗れば二時間だとは言っても、用もなく立川に来られるわけじゃないんだから。渡会君はああ見えて、必死で立川に来る用事を捻出してるのよ。可愛いじゃないの。彼の階級で、わざわざ沖縄から競技会に参加する必要もないんだから。あなた、そのことを真面目に考えてみたことはあるのかしら、鳴瀬さん？」

なぜか美樹が、しきりにうなずいて拍手している。

「夫人、もっと言ってやってください」

「や、や、や、夫人、そんな——。美樹も、そんな嬉しそうにしなくても！」

「それにね、鳴瀬さん。去年の夏、どうしてあなたが那覇基地の応援に選ばれたか、わかってるのかしら」

「えっ、それは、アルトサックスの担当ですから——」

「楽器だけが理由なら、鳴瀬さんでなくてもいいじゃない。私たちが、あなたを那覇に送り込むために、陰で動いたのよ。渡会君が競技会に参加できたのだって、南空音《なんくうおん》の若手隊員が、あまりに落ち込んで元気のない彼を心配して、立川に行かせるように画策したと聞いているわ。あなたももう先輩なんだから、そろそろ周囲に気配りできる大人になりなさい」

佳音は「げっ」と呟いた。知らないところで、そんなことが起きていたとは。南空音の若手とは誰のことだろう。

「そ、それは——知りませんでした」

だいたい、元気のない渡会なんて、見たことがない。沖縄に異動になった後も、佳音がこちらに来た時には、はつらつとして新しい部隊に溶け込み、松尾光を相手に教育的指導を飛ばしていたし、競技会で立川に戻った時だって、妙に浮かれた感じで、佳音に告白までして帰った。どこが落ち込んでいるのだ。

ふたりは平気で話題にしているが、那覇基地には、ダブル告白の相手がそろっている。こんな会話は適切ではない。そう力説しようとして、ふいに佳音は肩を落とした。

「あら、どうしたの」

「夫人、そっとしておいたほうがいいですよ。長野の一件を思い出してるんだと思います」

さすが同期、美樹がそっと口を挟んだ。

長野で開催された演奏会に、松尾光がわざわざ休暇を取って沖縄から押しかけてきた。それでわかったのだが、松尾光の初恋の人は、幼馴染《おさななじみ》の年上の女性だ。しかも、現在は温泉旅館の若女将《わかおかみ》になっている。着物の似合う、きれいな人だった。

——松尾君の萌えツボは、姉属性なのか。

とはいえ、佳音は自分自身がそういうタイプだとは夢にも考えたことがない。どちらかと言えば、それは狩野夫人や美樹のほうだろう。松尾は、佳音を誤解しているか、美しい夢を見ているのではないかと思う。

演奏会が終わって帰る前に、佳音は松尾と話す機会があった。

(松尾君さ。今でも本当に好きなのは、あの若女将だよね)

松尾は、トレードマークの大きな目を瞠った。瞳に星が輝くような、不思議な目だ。

(松尾君は、あの人の代わりになるお姉さんがほしいだけなんじゃないの)

松尾が黙っているので重ねて尋ねると、彼はぷっと吹き出した。

(あ、すいません、笑ったりして——。だって、ノリネエはもう結婚しちゃって何年も経つし、鳴瀬先輩も見た通り、若女将として順調に仕事をしているんですよ。さすがの僕も、とっくに諦めがついてます)

（そ、それじゃ――）

（鳴瀬さんは、鳴瀬さん。そのくらい、僕にもちゃんとわかってますって）

（それじゃあ、私のどこが気に入ったのか、理解できるように説明してくれる？　例の、私も「視える」人だから、ってのはなしで）

開き直って、佳音は腰に手を当てた。困ったな、とあまり困った様子に見えない笑顔で、松尾が頭に手を当てた。

（だって、本当にそれも理由のひとつなんですよ？　はっきり言って、僕らの「視える」能力、何の役にも立たないどころか、どちらかと言えば迷惑な力じゃないですか。こんな力のせいで、お互い悩まされてきたのかと思えば、親近感が湧きますよ）

僕らとか、お互いとか、松尾が無理やりふたりをワンセットにしようとするのが気になるが、言いたいことはわからないでもない。

（それじゃや、それだけなの？）

佳音の問いに、松尾が急に黙り込んで、うつむいた。顔を上げた時には、子どものように照れていた。

（だって――そんなこと面と向かって言いにくいじゃないですか。渡会先輩があれだけアタックしてるのに、全く気がつかないでスルーしちゃってる、天然な鳴瀬先輩が、可愛いからだなんて――)

ボンと爆発音がしそうなくらい、顔を真っ赤にすると、松尾はふいに踵《きびす》を返し、ダッシュして逃げ出していった。

「か――可愛かった。ピカリン」

「はあ？　ピカリンって？」

美樹が眉をひそめている。

「松尾君だよ。なんか、可愛かったの！　ピカリンって感じだったの。――いや、てか、きゃー、やだもう、恥ずかしい！」

だんだん顔が熱くなってきて、佳音は叫びながらじたばたと両手を振って頬を隠した。

松尾の紅潮が伝染したわけでもないだろうに、これはいったいどうしたことか。

「――鳴瀬さん。あなた……」

狩野夫人と美樹が、絶句してこちらを見つめ、それから顔を見合わせた。

「ひょっとすると、渡会君の残念会を準備したほうが良いかもしれないわね」

狩野夫人が言った。

月曜にはまだグアムのあたりにいた台風9号チャンホムは、着実に沖縄に向かっている。

演奏会本番は、明後日からだ。

まだ外は快晴だが、明日の木曜あたりから那覇も影響を受け、曇りか雨になる恐れがあると、天気予報が告げていた。

陸海空合同コンサートは、防衛省主催で三自衛隊の持ち回りで担当しており、今回は航空自衛隊が担当する番だ。コンサートは全三回。金曜日の夜に一回、土曜日は昼と夜の二回、同じ内容で演奏を行う予定だった。

「台風も心配だと思うが、演奏に集中してくれればいい。もろもろの準備は、大船に乗ったつもりで、俺たちに任せてくれ」

那覇基地に本拠地を置く南西航空音楽隊——通称南空音——が、準備を手伝ってくれる。渡会がやけに張り切っていて、真っ黒に日焼けした顔で、到着した航空中央音楽隊の面々に胸を張っていた。

「あれはきっと、鳴瀬さんにいいところを見せたいのよ」

「あーあ、可哀そうに渡会のやつ」

狩野夫人と美樹がぼそぼそと囁きあっている。佳音は慌ててふたりを制止した。

「ちょ、美樹ったら、夫人も！」

「えっ、何がどうしたんっスか？」

「何か面白いことでも？」

とたんに、真弓クンや土肥さん、りさぽんまでが、飛びつくようにやってくる。よせばいいのに、みんな好奇心の塊で、面白そうなことに飢えているのだ。那覇基地にある南西航空音楽隊の一階ホールで、佳音は彼らの前に立ちはだかり、押しとどめた。

「皆さん。忙しいんだから、自分の仕事をしましょう！　個人練習はもう終わったの？」

「えーっ、鳴瀬先輩からそんな言葉を聞くなんて」

真弓クンが目を丸くした。いちいち、失礼な後輩だ。

「準備はほぼ整ってますよ。あとは、本番に向けて気持ちを高めていくだけっス！」

真弓クンの鼻息が荒いのは、コンサートの第一部で演奏する、映画『インデペンデンス・デイ』のテーマ曲が大好きだからだ。地球を攻撃する宇宙船に対し、世界中が団結し抵抗するという一九九六年に公開されたSF映画で、当時のビル・クリントン米国大統領が大ファンだったとも言われている。アクション映画のテーマ曲らしく、明快で勇壮、かつ美しいメロディを持ち、パーカッション担当の真弓クンには、大好きなドラを鳴らすという楽しい役目もある。

作曲者はデヴィッド・アーノルド、007の映画音楽や、BBC制作のベネディクト・カンバーバッチ主演のドラマ『シャーロック』の音楽も担当しているそうだ。このへんの知識は、真弓クンからの受け売りだった。彼女の知識は、アニメから映画まで広範囲にわたっている。

曲の練習は、繰り返すほど良くなるというものでもなく、ある程度まで到達すれば、本番当日に集中力とモチベーションが最高点に達するように、気持ちをコントロールすることも大切だ。

「何か面白いことがあるんなら、まぜてくださいよー」

「そうっすよ、鳴瀬先輩」

「いいえ。——なんっにもありません」

こもごも騒ぎたてる後輩たちに、佳音はきっぱりと首を横に振った。これ以上、事態をかき回されてなるものか。

「そうかなあ。鳴瀬先輩がいると、いつも何かしら事件が起きるじゃないっスか」

「そうですよ。楽しみに——もとい、こう見えても、私たち心配してるんですから」

「そうそう、心配してるんですからー」

「心配しなくていいよ、今回は何も起きないから。さあ、さっさと散った、散った。仕事、仕事！」

自分のせいではないと佳音は力説しているが、彼女らがいるところで、謎めいた事件が頻繁に起きるのも確かだ。楽器が消えるという中学校の生徒に出会ったり、必勝ダルマがすり替えられていたり、迷子の親が名乗り出なかったり——。

——いやいや。それ偶然だから。

「今回は、何も起きない——ですよね」

真弓クンたちがそれぞれの練磨室などに散っていき、美樹と狩野夫人だけが残った。佳音はおそるおそる、ふたりを振り返り、尋ねた。ただでさえ、台風直撃で大騒ぎなのに、これ以上、妙なことが起きたりしたらたいへんだ。

美樹と狩野夫人が顔を見合わせる。

「——さあ、吉川さん。私たちも仕事に戻りましょうか」

「そうですね、夫人」

「な、何なんですか、無視しないでくださいよ、ふたりとも～！」

彼女らが、佳音から目を逸らして、そそくさと立ち去ろうとした時だ。

「鳴瀬先輩、これって先輩宛じゃないかと思うんですけど」

キーボードの横山美恵《よこやまみえ》空士長が、郵便物の束を抱えてやってきた。以前、佳音が那覇基地に業務支援に来た時、清水絵里とともに歓迎してくれた女性隊員だ。郵便物の中の一通を、こちらに差し出している。

「えっ、私に？」

「雨で宛名が消えかかってるんですけど、最後の文字が『音』だと思うんですよね」

たしかに、手書きの宛名が水滴で滲んでいる。住所は何かの印刷物から、基地の住所を切りとって貼りつけたようだ。南西航空音楽隊、という文字まで印刷されているから、音楽隊関係のチラシか何かかもしれない。

「立川ならともかく、私がここにいることを知ってるのって、関係者だけだよね」

「差出人は誰なの？」

狩野夫人が尋ねた。

「それが、書いてないんです」

横山が封筒を裏返して見せる。

――匿名とは。

佳音たちは、しばし無言で封筒に視線を落とした。

「開け――ても大丈夫だよね」

誰も大丈夫だと請け合ってはくれなかったが、佳音は封筒を光にかざし、上部に何も入っていないことを確かめて、指で封筒の蓋を開いた。中には、白い紙が一枚、入っていた。

「なんだろう――『ｎｏ人３――０７１』？　中まで雨が染みたんだね。インクが滲んじやって読めない文字があるよ。『no人』ってどういう意味？　人じゃないとか？　へったくそな文字だなあ」

「は？　なにそれ」

美樹が顔をしかめる。

「意味わかんないけど、そう読めるんだもん。定規を当てて引いたみたいな、変な文字なのよ。あ、これってつまり、筆跡をごまかそうとしたのかな。脅迫状とかでよくあるやつ？　でも、意味わかんないんじゃ、しょうがないよねえ」

横書きに書かれた、3と0の間の文字が滲んで消えている。文字は大きく角ばっていた。

「ちょっと、貸しなさいよ」

美樹が強引に紙を取り上げた。

「これは――」

しばし、絶句していると思えば、いきなり紙の天地をひっくり返した。

「何やってんのよ、さかさまじゃない！　『I　LOVE　YOU』って書いてるのよ。Vの文字が水に濡れて、消えてるんだわ。ほら」

言われてみれば、その通りだ。「へええ！」と佳音は素直に感嘆した。

「美樹、すごいじゃん！　よくわかったね。だけど、これって何なの？　何の目的で、こんな紙を送りつけてきたのかね？」

「よくわかりませんけど、いたずらでしょうねえ」

届けてくれた横山も、首をかしげている。若干、気持ち悪かったが、考えていてもしかたがない。佳音は白い紙を封筒に戻し、念のために保管することにした。万が一、何かの折に必要になるかもしれない。

その時だった。

「──なに、あの悲鳴」

四人は顔を見合わせた。絹を引き裂くような声というが、まさしくそんな感じの、女性の甲高い悲鳴が二階から響き渡ったのだ。

「ど、どうしよう──」

一階ホールの扉から顔を突き出し、二階へと続く階段を見上げる。

謎めいた事件に遭遇することが多いとはいえ、こんな悲鳴を聞くことはめったにない。

「どうした？」

「何の声？」

事務室や、隊長室から、隊長をはじめとして、どんどん人が飛び出してくる。

──みんなで行けば怖くない。

佳音たちも、南西航空音楽隊の隊員に続いて、おそるおそる階段を上がった。

「きゃー、誰か、誰か早く来て！」

悲鳴は続いている。二階にある、会議室にもパート練習にも使われる広い練磨室からだ。いくらなんでも、これはおかしい。

「どうした！」

練磨室に飛び込むと、窓際に清水絵里空士長の姿があった。何かを必死で引っ張っている――と見て、佳音は息を呑んだ。

足だ。窓から落ちそうになっている誰かの、足を引っ張っているのだ。相手は、窓の向こうでじたばたと両腕を振り回して、こちらに戻ってこようとしているようだが、いかんせん重心がすでに外に行き過ぎている。

慌てて駆け寄った隊員たちが、絵里に力を貸し、落ちかけている隊員のベルトや足首に手をかけて、掛け声とともに引きずり上げた。

「松尾か！　お前、なにやってるんだ！」

現れたのは顔を真っ赤にした松尾光だった。

「す、すみません――」

絵里が足を抱えていなければ、二階の窓から真っ逆さまに落っこちていたはずの松尾が、しょんぼりとうなだれる。

「窓を開けて練習していたら、風が強くて――。松尾君の楽譜や何かが、突風で窓から飛んでいったんです。それで、とっさに彼が」

松尾よりは落ち着いている絵里が、青ざめながら説明した。今日は台風の影響で風が強い。松尾は、まだ衝撃冷めやらぬ態で、隊長に叱られながら、楽譜を抱えて呆然としている。

「――思い出すわねえ。この光景」

狩野夫人が感慨深げにつぶやいた。

「え――何ですか」

「鳴瀬さんよ。蝶に見とれて、女性内務班の窓から落ちそうになって」

「夫人、そういう記憶、もう消し去ってくれてかまいませんから。そろそろ、なかったことにしましょうよ！」

そうは言ったものの、たしかにあった、そんな事件が。思えば、狩野夫人と内務班で同室のころ、ひとりだけ食中毒を起こしたり、自転車に足の甲を轢《ひ》かれたり、掃除していて窓をたたき割ったり。

――言われてみれば、ドジなところが私と似てるのかも、ピカリン。

ほろ苦い気分で、佳音は松尾を見つめた。松尾の説明によれば、それはふたりとも「視える」ことと関係があるというのだが。

「楽譜なら、後から外に取りにいけばいいじゃないか。お前が一緒に窓から飛び出して、どうする気だ。怪我をするじゃないか」

隊長のお小言を聞きながら、松尾はじっと楽譜の束を見つめた。

「――ない」

「なんだ？」

「ないんです。ここに一緒に入れておいたはずなのに。お守りが――」

松尾の口調があんまり真剣だったので、その場にいた全員が、顔を見合わせた。

「それは、ないと困るものなのか？」

隊長が尋ねる。松尾は一瞬、顔を上げて何か言おうとし、それから口をつぐんだ。

「――いえ。いいえ、そんなたいしたものではないです……」

しかし、そういう松尾の表情が、いつになく暗いことに、佳音も気がついていた。

「さっきまで晴れていたのに。そろそろ雨になりそうですね」

絵里が、窓から空を見上げ、不安そうに呟いた。

「あった？」

「ううん、そっちは？」

「こっちもなさそう」

夕方から小雨が降りはじめ、風も少しずつ強くなってきた。懐中電灯であちこち照らしていた佳音は、重い腰を上げた。

「やっぱり、明るいうちでないと無理かな」

松尾が落としたお守りを、捜しにきたのだ。美樹やりさぽん、真弓クン、それに清水絵里も一緒だった。日中は仕事があるので勝手に離れるわけにいかず、業務時間終了まで待っていたのだ。

まだ六時過ぎで、本来なら昼間のような明るさのはずだが、ぶ厚い雨雲のせいで、あたりは真っ暗になっている。

練磨室の窓から落としたのなら、前の駐車場あたりに落ちているはずなのだが、風が強いので、どこかに飛ばされたのかもしれない。

「雨に濡れちゃうね」

佳音は、しとしとと降り続く空を見上げた。台風が接近すれば、さらに飛ばされてしまうかもしれない。

「松尾君は黙ってたけど、なんだか大事なものっぽかったよね」

美樹が首を振る。松尾光が窓から落ちかけたことと、お守りをなくしたことは、あの場にいなかった隊員たちにもあっという間に広まったようで、車を出す前には、周囲を注意して見てくれたようだ。それでも見つからないところをみると、草むらにでも転がり込んだのだろうか。

「私あれ、お母さんの形見じゃないかと思うんです」

思いつめた表情で、絵里がそんなことを言い出したので、佳音たちは驚いて彼女を見た。

「形見って――松尾君のお母さん、亡くなったんスか？」

真弓クンが単刀直入に尋ねている。

「小さいころに亡くなったそうですよ。だけど、松尾君にはお姉さんが三人もいて、まるでお母さんが三人いるみたいに大事にしてもらったので、さみしくなかったって言ってました」

信州中野の旅館の若女将といい、本当に「姉属性」に弱い男のようだ。年上の女性に弱い理由が、早くに母親を亡くしたからだとすれば、ちょっと泣かせる。

「松尾君のお守り、かなり古いもののようで、いつも楽譜入れに楽譜と一緒に入ってました。私も、はっきりと形見だと聞いたわけではないんですけど――、お母さんの話をする時に、そのお守りをじっと見つめていたので、おそらく」

絵里が心配そうに首をかしげる。渡会のことでは、とにかくこちらをライバル視するので、めんどくさいと感じたこともあるが、根はいいやつだ。

「台風でなかったら、明日の朝早く来て、明るいうちに捜せたんだけど」

松尾自身も捜していたようだが、やはり見つからなかったらしい。

「そろそろ、宿舎に戻らないと」

美樹が声をかけた。音楽隊の庁舎から、航空中央音楽隊が宿泊している外来宿舎の建物まで、歩くとそうとうな距離がある。基地の敷地面積は、二百十二万平米というから、とてつもなく広い。基地の外から通勤している南空音の隊員たちは、マイカーを庁舎前の駐車場に停めている。沖縄では、車がなければ生活しにくい。

「また明日、捜してみるかなあ。ひょっとしたら、誰かが見つけて、保管してくれているかも」

「だといいけど。あたしゃ、佳音の楽天的な性格がうらやましいよ」

美樹がわざとらしく肩をすくめる。佳音は絵里に向き直った。

「それじゃ、私たちはもう宿舎に戻るけど。絵里ちゃん、今日は大活躍だったね。松尾君、絵里ちゃんがいなければ、危ないところだったじゃない」

「はあ――」

絵里が微妙な表情をする。彼女がとっさに松尾の足を捕まえなければ、彼は真っ逆さまに地上に転落したはずだ。

玄関からこちらに手を振る渡会を見た。日焼けして精悍で、どう見ても元気そうだ。

「松尾のお守りを捜してたって？」

「ああ、うん――。暗いし、見当たらなかったけど」

「天気が悪いからな。俺たちも心掛けて捜しておくよ」

「うん、ありがとう」

何のために玄関まで出てきたのかと思ったが、渡会は結局それだけ言って一歩下がると、航空中央音楽隊のメンバーと、ひとりずつ挨拶している。

「――渡会先輩ったら、鳴瀬さんがいると、あんなに元気なんですね」

絵里が、不満そうに呟いた。

「え――」

「去年の夏以降、魂が抜けたみたいに、ずっとぼんやりしてたのに。冬場に、松尾君と一緒に立川の競技会に出かけたら、急に元気になって帰ってきたんですよ」

美樹と真弓クンが、興味津々で絵里に顔を寄せ、うんうんとうなずきながら聞いている。

――ひょっとして絵里ちゃんは、例のダブル告白の一件を知らないのだろうか。

ハタと気づくと、佳音は背筋が寒くなってきた。美樹がさも事情に詳しい様子で口を開く。

「まあそれはさ、立川で松尾君とふたりそろって――」

「わあああああ、美樹！」

佳音は美樹に飛びついて、口をふさいだ。

「んがががが、もう、何するのよ、佳音！」

「しーっ。変なこと言わないで」

絵里が不審そうにこちらを睨んだ。

「立川で何かあったんですか？」

「わあっ、違う違う。気にしないでいいから。さあ、美樹、もう行くよ！」

引きずるように美樹の腕を取り、歩き出した。まったく、油断も隙もない。美樹は気づいていないようだが、絵里は真剣に渡会のことが好きらしいのだ。

振り返ると、渡会たち南西航空音楽隊のメンバーが、手を振りながら見送っている。そのなかで、絵里ひとりが、きつい表情でこちらを見つめているのに気がついて、佳音は胃が痛くなってきた。

台風は、沖縄を直撃するらしい。木曜の午後には、本格的に雨が降りはじめた。

「ちょっと、明日のコンサートどうなるの」

気丈な美樹も、二階の練磨室の窓から外を覗き、困った顔をしている。窓の外を、何かの枝が風に煽られて吹き飛ばされていった。

もちろん、音楽隊の隊員たちはいい。悪天候だろうと、会場に入ってしまえば演奏するだけだ。問題は、すでにチケットを送った聴衆が、無事に会場まで来られるかどうかだった。無理に来ようとして、途中で怪我でもしたら大変だ。台風が接近している時には、とにかく安全な場所にある堅牢な建物から出ないで、身を守ることだ。

「さあ、私たちが台風の心配をしてもしかたがないわ。とにかく、練習しましょう」

割り切りの早い狩野夫人が、パンパンと手を打つ。

これだけ雨が激しくなると、松尾のお守りを捜すどころではなくなってしまった。見つかったところで、きっとずぶ濡れだろう。

楽譜入れを開くと、例の差出人不明の封筒がすべり落ちた。他に入れる場所がなくて、楽譜と一緒にしまっておいたのだ。

「あーあ。これも、なんだか気味が悪いし」

佳音は眉間に皺を寄せた。

「悪い予感がするなあ」

そして、そういう予感は当たるものだ。


翌金曜は、朝から暴風雨だった。

ただの暴風雨ではない。猛烈な土砂降り。それも、時間が経つにつれ雨量が増していく。朝、宿舎から歩いて音楽隊の庁舎に向かおうとした佳音は、一歩、外に出たとたん、暴風に吹き飛ばされそうになった。

「待った！　待機！　このまま全員待機だって！」

背後から、美樹の声が追いかけてくる。

——うわ、早く言ってよ。

一瞬で髪からつま先までずぶ濡れになって、部屋に戻る。

「今日のコンサートを開催するかどうか、いま上が協議中だから、私たちはとりあえず、いつでも出られる準備だけして、待機って」

航空中央音楽隊の面々は、美樹の説明にざわめいた。天候を見る限り、今日はコンサートどころではなさそうだ。

窓をきっちり締め切っているのに、吹き荒れる風の音が、ビョオビョオとやかましい。やわな建物なら吹き飛ばされそうな勢いだった。

「モノレールやバスも止まってるそうね」

「この風でモノレールは無理ですよね」

那覇空港に発着する航空機は、まだどうにか飛んでいるが、運航休止は時間の問題だ。公共の交通機関が動いていないので、会場までの行き方も限られる。

佳音は窓越しに、風にぶんぶんと振り回されて踊るかのような椰子《やし》の木を眺めた。テレビがないのでラジオをつけたり、インターネットでニュースを見たりしているのだが、これでもまだ台風9号は沖縄本島に接近している途中で、今日の夜にもっとも近づく見込みらしい。

吹き荒れる風に果敢に抵抗しながら、オリーブグリーンのジムニーが、こちらに向かってくるのが見えた。

「あれ、誰か来たよ」

伝えたいことがあるなら電話一本ですむはずだが、こんな嵐の中を、いったい何の用だろう。

見ていると、玄関の前で停まったジムニーの運転席から、作業服に雨衣をかぶった男性が飛び出してきた。椰子の木を根こそぎ引き抜いて飛ばしそうな嵐に抵抗し、強引に玄関に向かってくる。横殴りの雨の中、泳ぐような歩き方だが、ぐいぐいと確実に前進していた。人間戦車とでも呼びたい力強さだ。

「ちょっと、あれ渡会じゃない？」

美樹が窓に貼りついて目を細める。

「えええー？」

すぐ、玄関から渡会のドラ声が聞こえてきた。佳音を呼んでいるようだ。なんだか、とんでもないことが起きたような切羽詰まった声で、なにごとが起きたのかと佳音は玄関に走った。美樹たちもついてきている。

「鳴瀬！　無事か！」

渡会の雨衣から雨が滴り落ちて、玄関のコンクリート床に溜《た》まっている。日焼けで真っ黒になっているせいで顔色はわかりにくいが、渡会にしては青ざめている――ようだ。

「ぶ、無事って何が――何かあった？」

「おまえ宛に、ストーカーから手紙が届いたって聞いたんだ！　大丈夫か！」

「ええっ、ストーカー？　私に？　どこどこ？」

美樹がこちらに白い目を向け、渡会が玄関で硬直するのがわかった。

「ああっ、例の『アイラブユー』って書かれた手紙のこと？」

「他にもあるのか？」

「いやいや、ないないない」

「さっき南空音のみんなから聞いてびっくりして、飛んできたんだ。松尾のやつが、窓から お守りを落とした時に、変な人影を見たとか言い出すし。いいから、どんな手紙か見せてみろ」

「ひ、人影？ やめてよ、基地の中なのに」

松尾のことだから、見たのが生きている人間とは限らない。それが一番のホラーだ。手紙の内容を見たのは、狩野夫人と美樹と、手紙を届けた横山、それに佳音の四人だけだった。「南空音のみんな」に話した覚えはないのだが、横山あたりが喋ったのだろうか。

「――見せてもいいけど、たいしたもんじゃないよ」

「いいから見せろって」

楽譜入れにしまっておいた封筒を見せた。渡会は、雨衣を脱いで、濡れた手を作業服のパンツにこすりつけて乾かすと、封筒をじっくり見分しはじめた。

「この宛名、たぶん南空音が配布した、ジャズイベントのチラシを切り抜いたものだ」

「そんなことわかるの？」

「俺がパソコンでデザイン作ったからな。ほら、住所の後、『航空自衛隊那覇基地　南西航空音楽隊』と書いてるけど、『基地』の後にすこし空白があるだろ。このサイズにこだわりがある」

「渡会、パソコン使えるの？」

立川では、そんなスキルを使っているのを見かけたことがないのだが。

「つべこべうるさいやつだな。だけど、住所はともかく、宛名は鳴瀬とは限らないんじゃないのか」

渡会が首をかしげた。

「うん、それは私も思った。濡れて完全に滲んじゃってるから、わからないんだけど。最後の文字が、『音』と読めそうだというくらいでさ」

「だいたい、これを出したやつは、どうして鳴瀬がここにいることを知ってるんだ？　去年、一時的に支援に来たことはあるが、一年ぶりだろう」

「そうなんだよね。月曜日に来たばかりだし。私宛じゃないような気もするんだよね」

「切手の消印は火曜日、那覇だ。差出人の名前は書いてない。封筒の裏側には、シールなどを貼ってあった形跡もない。最初から匿名だったわけだな」

言われて、佳音も封筒の裏をためつすがめつした。渡会が正しいようだ。

「渡会どう思う？　これってさあ、ただのいたずらなんじゃない？　美樹も言うんだけど、ひと目ぼれとかされるタイプじゃないしさあ、私って」

佳音はえへへと笑った。

宛先を手書きにしないで、チラシを切り貼りする時点で、悪戯っぽい。渡会がなぜか、むっとした顔をして、封筒をこちらに突き返した。

「――俺にわかるか。音楽隊の安楽椅子探偵《アームチエアディテクティブ》を名乗ってるのは、お前たちのほうだろうが」

「そうだけどさ」

美樹がぬっと顔を割り込ませた。

「白い紙にストレートな愛の告白って、芸がないよね。夏目《なつめ》漱石《そうせき》が『アイラブユー』を翻訳する時に、『月がきれいですね』とでも訳しなさいと言ったってエピソードが有名だけど、『128$\sqrt{e980}$』の下半分だけ取ると『I LOVE YOU』になるって、ネットで流行してたよ」

あいかわらず、美樹は変なところで物知りだ。

「なあにそれ、下半分？」

美樹は手近な紙に『128$\sqrt{e980}$』と書きつけ、紙をふたつに折って、文字列の上半分を隠した。言われてみれば、愛の告白だ。

「こういう暗号が流行する時代に、これってシンプルすぎない？」

「たしかに、シンプルだけど――だけど――」

――シンプルなのには、きっと理由がある。

頭の中で、誰かが囁いたような気がした。

――理由？

「普通じゃないよ。きっと、ストーカーか何かだよ。佳音、気をつけなよね」

美樹が脅かすように言った。

「あら、渡会君？　来てたのね。ちょうど良かった」

狩野夫人が、奥の部屋からメモを握って現れた。

「みんなも聞いてちょうだい。本日のコンサートは、正式に中止となりました」

その場に集まっていた音楽隊のメンバーから、いっせいに落胆の声が漏れた。天候が理由なので、しかたのないこととはいえ、残念だ。

防衛省内の局にて、ぎりぎりまで協議を重ねたが、会場のコンベンションセンターは、公共の交通機関が運行を停止していると利用不可にするのが通例で、現状では開催が不可能だということだった。

「無理に開催して、来場者を危険にさらすのも良くないよね」

窓の外の暴風に目をやり、佳音は呟いた。そうとでも考えて、納得するしかない。

「ついては、早急に中止をアナウンスしなければなりません！　ウェブの担当者はすぐ告知に取り掛かってください。他の皆さんは、外来宿舎内で待機してください」

狩野夫人の言葉に、一部の隊員が「げっ」と潰れたカエルのような声を上げた。今回の合同演奏会は、航空中央音楽隊の主催だから、こちらのウェブサイトで告知している。当然、中止の案内もこちらで出さねばならない。近ごろでは、ツイッターやフェイスブックもあるから、そちらでも案内しなければいけないだろう。ネットを使わない人たちはきっと、那覇基地やコンベンションセンターに問い合わせの電話をかけるだろうから、電話対応も必要だ。立川の航空中央音楽隊に問い合わせる人だっているかもしれない。立川の留守番組にも、電話待機してもらう必要がある。報道機関や自治体などにも連絡しておいたほうがいいかも——。

「渡会君、あなたパソコンに詳しいんですってね。川村隊長に許可をもらったから、手伝ってくれる？」

「もちろんです。だけど、立川の基地の外からだと、仮想プライベートネットワークを使わないと更新できないはずですから、ここからやるなら環境を整えないと」

どうやら夫人は、渡会のパソコン好きを知っていたらしい。そんなタイプだっけ、と佳音が首をひねっているうちに、夫人が渡会を拉致して去った。

「頼りになるじゃん、渡会のやつ」

美樹が横から珍しく渡会を誉めた。

「どうしよう、これから。中止の告知対応をする人以外は、やることないよね」

急に演奏会が中止になったので、すっかり手持ち無沙汰になってしまった。本来なら、今ごろ演奏会の準備で忙しかったはずなのだが。

「ああああ、この燃え上がった気持ちを！　どうしてくれる、台風のやつめ！」

真弓クンが窓の外に向かって拳を振り上げ、憤《いきどお》っている。まあたしかに、佳音も一緒になって嘆きたい気分だ。

「佳音さあ。この際だから、ちょっといい？　話があるのよ。こっちに来て」

神妙な顔で美樹が切りだしたので、佳音は目をぱちくりさせた。美樹はさっさと自動販売機で缶コーヒーを二本買うと、歩き出した。何の話か知らないが、佳音もくっついていく。美樹は、屋上に出る階段に座りこむと、「はい」と言いながら冷たい缶コーヒーを差し出した。並んで座り込む。美樹はスマートフォンをポケットから出して、自分の脇に置いた。そういえば、自分のスマートフォンをどこにやったかと佳音は首をかしげたが、鞄に入れたまま、部屋に置いてあることを思い出した。

「どうしたのさ、美樹」

——話なら、部屋でしたっていいのに。

屋上が近いので、ゴオゴオと唸る風の音が騒音のレベルになっている。しっかり声を張らないと、会話にならない。さっきよりも、ますます風が強くなっているようだ。

「ここなら誰も来ないからさあ」

美樹が、声を聞き取りやすくするために、耳元で言った。

「で、どうしたの?」

「聞いてくれる? 今さ、ダンナともめてんの。もう一年くらいずっと」

「えっ、美樹と吉川クンがもめてるってこと? なんで、なんで?」

美樹の夫は、吉川隆太《りゅうた》という陸上自衛隊の二等陸曹だ。たしか、今もまだ空挺団に所属しているはずだった。佳音も何度か会ったことはあるが、しっかりものの美樹とは似合いのカップルだ。

「あいつさ、ものすごいマザコンだったのよ。最近まで気がつかなかったんだけど」

なんでも、隆太が甘口のカレーを好んで食べていたことを思い出し、作ってあげたところ、実はそれが「母親の味」だったことが判明したのだとか。衝撃を受けた美樹が、せっかくの甘口カレーに豆板醬《トウバンジャン》を山ほど入れて、食べられないくらい辛くしたところ、意地悪されたと今度は隆太がショックを受けて、大ゲンカになったとか。

「えっ、カレーが原因で、一年もケンカしてたの？」

「カレーが原因なんじゃなくて、あいつのマザコンぶりが鼻につくようになったの！」

「だって、結婚してから去年まで、全然、気がつかなかったんでしょ。そのレベルなら、どうってことないんじゃ――」

「ずっと隠してたのよ、あいつ！　だけど、いったん知ってしまうと、細かいことまで気になってしかたがないの。朝、起こす時に甘えた声を出すから、お義母さんにかまをかけて聞いてみたら、子どものころからずっとそうだったとかさあ。お義母さんも、それがまた可愛かったらしくてさ。あいつ、あたしのことずっと、母親の代わりだと思ってたんじゃないかって」

そういえば、美樹はこのところずっと、疲れた様子だった。いつもならバスで寝てしまうのは自分のほうなのに、美樹のほうが先に眠ってしまうし。

外の嵐に負けないくらい、美樹の心中も大荒れのようだ。一階で、大きな声が聞こえたような気がしたが、すぐさま暴力的な風の音にかき消されてしまった。

「美樹と吉川クンは、すごく仲がいいと思ってたから、あたしもショック」

佳音はうなだれた。外から見るだけでは、家庭の内側はわからないものだ。急にこんな話を始めるくらいだから、美樹はよほど煮詰まっているのだろう。

「よくわかんないけど、マザコンって、そんなに嫌なものなのかなあ。吉川クンは、美樹よりお義母さんを優先するってこと？」

「どうだろう。まだ、どちらかを選ばなきゃならない局面に立ったことがないから、わからないけど。マザコンが嫌っていうか、ずっとそれを隠してたのが嫌なのかも」

「本人も自分にマザコンの気があるって、わかってなかったりしてさあ。隠していたつもりはなかったのかもよ」

美樹が、佳音の言葉を反芻《はんすう》するかのように、しばし沈黙した。

「――それはあるかも」

「でしょ？　意外と自分のことって見えないもんだよね」

「あんたの口からそんなセリフを聞くと驚愕するけど、それは言える。ていうか、身近にわかりやすい例がいたことに、いま気づいた」

「何それ、失礼ね～」

美樹の手元で、彼女のスマートフォンの画面が光った。メールか何か、着信したようだ。

「――ありがと。佳音にこういうこと相談するのって屈辱だったけど、聞いてもらって、ちょっと気が晴れたわ」

——どういう意味だ、それは。

「いやいや。何が屈辱なのよ。いつでも佳音さんを頼りなさいって」

ドンと胸をたたいて威張ると、美樹がぐるりと目を回して呆れたふりをした。

「ま、いいか。そろそろ戻ろうか」

階段を下りていくと、玄関ロビーから悲鳴に近い声が聞こえた。

「な、鳴瀬先輩！　どこにいたんですか！」

りさぽんが、テディベアのぬいぐるみみたいに目をまん丸にして、こちらを見上げている。ロビーに集まっていた音楽隊の隊員たちが、いっせいにこちらを見て唖然としているので、戸惑うしかない。

「なになに、どうしたの？」

「どうしたのじゃないですよ！」

「僕、渡会を呼び戻します！」

バリトンサックスの斉藤が、外に出ようとガラスの扉を開けたとたん、ざあっと激しい雨風が玄関の中にまで吹き込み、そこらにあった靴ベラ立てをひっくり返し、靴箱をがたがたと揺らした。水しぶきが佳音の顔にもかかった。

うにか閉めた。
「早く閉めろ、斉藤！」
トランペットの「主水之介」こと安藤さんが、叫びながら駆け寄り、斉藤を手伝ってど
「ど、どうしよう――」
斉藤の、いつもはタンポポの綿毛みたいにふわふわの髪が、濡れてぺしゃんこになって
いる。顔色が真っ青だった。佳音は階段を駆け下りた。
「どういうこと？　渡会を呼び戻すって」
「さっき、外線におかしな電話がかかってきたの。渡会君は、その電話を取るなり、血相
変えて飛び出したのよ」
狩野夫人が腕組みして立っている。一階玄関脇の、事務所がわりの一室から、出てきた
ばかりのようだ。
「おかしな電話――」
「渡会君は、『鳴瀬がさらわれた』って言ってたけど。私たち、あなたの部屋とか、いそ
うな場所は捜しにいったのよ。だけど見つからなくて」
そりゃ、まさかこんな日に、屋上に出る階段にひそんでいるとは誰も思うまい。さっき、
一階が妙に騒がしいと感じたのは、そのせいだったのか。自分を捜しまわる声と、自分を

呼びながら外に飛び出していく渡会の声だったのだ。

「それじゃ、渡会は私が誰かに誘拐されたと勘違いして、取り返すために外に出たんですか？　この暴風雨の中を？」

そこにいる全員が、こくりとうなずいた。

――いやいや、冗談じゃないですから。

だいたい、いったい誰がそんなとんでもない電話をかけたのだろう。内務班の外線電話番号なんて、誰にでもわかるものじゃない。それに、ここは自衛隊の基地の中で、誰でも入れる場所じゃない。

あのおかしな「I　LOVE　YOU」の手紙。松尾が見かけたという怪しい人影。そして、外線電話――。

「私、渡会を捜してきます！」

佳音がドアに駆け寄ると、みんなが慌てて制止した。

「よしなさい！　あんたまで飛び出してどうするの！　危ないって」

「鳴瀬さんがこんな日に外に出るなんて、自殺行為よ。渡会君だって私たちが止めたのに、聞かないんだから」

美樹と狩野夫人が腕をつかんで引き留める。

「だって！　だって、外、すごい嵐なんですよ！　何か飛んできて、頭にでも当たったら、いくら渡会でも怪我するかもしれませんよ。早く私が無事だって知らせて、連れ戻さなきゃ！」

「だからって外に出たら、鳴瀬さんが怪我するかもしれないでしょ！　落ち着きなさい！」

「これが落ち着いていられますか！」

斉藤がドアを背にして、敢然と立ちふさがった。ふだんなら、斉藤のくせに凜々しい、と感心するところだ。

「鳴瀬さん、絶対、外に出ちゃダメだよ！　ここで、渡会が戻るのを待ったほうがいい。万が一、鳴瀬さんに何かあったら、渡会がどんなに悲しむと思う？」

佳音は言葉を失い、斉藤を見返した。

——だって、もし渡会に何かあったら。

何かあったら——？

ハタと考える。

渡会は山のような男だ。何が起きても、何事もなかったかのように平然とそこにいる。高校生の時からそうだった。吹奏楽部の先輩たちより、渡会のほうがずっと落ち着いていて、合宿でもなんでも頼りになった。

渡会に、「何か」起きる、わけがない。

ずっと自分はそう考えてきたようだ。だから以前、渡会が対空機関砲の訓練を受けると聞かされて、動揺したのだ。

――もし、渡会がいなくなったら。

音楽隊で再会した後は、渡会がそのへんにいるのが当たり前になっていた。沖縄に転属になっても、その気になればいつでも会える。電話一本で何でも聞けるし。渡会がいる、という事実は妙な安心感を与える。

酸素みたいな、というか。

電気みたいな、というか。

路傍に昔から安置されているお地蔵さんみたいな、というか。

「――や、やっぱり、捜しに行く！」

佳音は玄関に飛び降りて靴を履いた。斉藤が、わっと叫んで腕を振り回す。

「ちょ、鳴瀬さん」

「渡会に何かあったら困るもん！」

「いや、でも――」

「大事なのね、渡会君が」

するりと滑り込むように、狩野夫人が言葉を挟んだ。

「そりゃ大事ですよ！　渡会のいない生活なんて、考えられないですから！」

「ああ、そう」

振り向いたとたん、夫人が会心の笑みを浮かべるのが見えた。

「それはまた、ごちそうさま」

こんな時に、何を冗談言ってるんですかと反駁《はんばく》しかけ、佳音は事務所がわりの小部屋から現れた人影を見て啞然とした。

ぶすっと口を尖らせ、頰を真っ赤に染めて、渡会が立っている。

「わ、わた――」

二の句が継げずにいる佳音に、狩野夫人が人差し指を立てて振った。

「ちょっといいかしら、鳴瀬さん。この件に、渡会君は加担してない。台風で思いついたから私たちが仕組んで、最後の最後で、彼には黙って見ていてもらっただけよ。そこ、勘違いしないでね」

佳音はぽかんと口を開いたまま、ゆっくり周囲を見回した。美樹、真弓クン、りさぽん、斉藤、安藤さん――台風待機中のみんなが、にやにやしながらこちらを見ている。

「渡会なしでは生きていけないって、あんたが言ったのよ、佳音」

美樹が言葉を継ぐ。

――みんな、グルだったの？

「おかしな電話があったって――」

「それは嘘よ。あなたにストーリーを信じ込ませるための」

狩野夫人があっさり片づける。

「全部――お芝居ですか？」

「どうよ、鳴瀬。俺たちの演技力、たいしたもんだろうが」

主水之介こと安藤さんが、豪傑笑いをした。こちらは笑ってる場合ではないのだが。

「そ、それじゃ――あの手紙は」

「あたしが書いたの。ストーカーっぽいのが、佳音につきまとってるって状況を、想定しやすくなるでしょ」

美樹が手を挙げる。道理で、上下さかさまに読もうとした佳音に、すぐさま逆だと指摘できたわけだ。

「松尾君が見かけた人影は」

「あれも嘘。松尾君にも協力してもらって、証言してもらったの。ちょっとお芝居に張り切りすぎて、本当に窓から落ちそうになって、危ないところだったけど」

――ちょっと待て。協力って、松尾はダブル告白の片割れではなかったか。

微妙な表情になった佳音を慮《おもんぱか》るように、狩野夫人が首を振る。

「あの子はいい子ね。鳴瀬さんが好きだという気持ちは、嘘じゃないと思う。だけど、自分よりもっと、渡会先輩は鳴瀬さんが大好きだからって、協力を申し出てくれたの」

「い、いや、協力って――」

いろいろと複雑な気分だった。だいいち、それなら立川で渡会が自分に告白した時、黙って見ていれば良かったのだ。事態を複雑にしたのは松尾ではないか。

「佳音と渡会には、障害が足りないんだって、松尾君が言ってた。あたしもそう思う」

美樹が両手を腰に当て、ひとり深々とうなずいている。いやいや、勝手に納得しないでよと、佳音は心のなかでツッコミを入れる。

「あんたたちふたりとも、一緒にいるのが当たり前になりすぎちゃってんのよ。もう十年以上、連れ添ったご夫婦って感じ？　ここらでちょっと、障害を認識して燃え上がってもらわないと、ぜったいくっつかないって。愛には勢いが必要なんだから」

――ううむ、このまま魂がどこかに飛んでいきそうだ。

頭を抱えて唸っていると、狩野夫人がこちらに近づいてきた。

「言っておくけど、渡会君があなたを心配して、南西航空音楽隊の庁舎から車を飛ばしてここまで来たのは、本当ですからね。もちろん、彼が不安になるように、松尾君がいろいろ吹き込んだのだし、もしそれでも渡会君がここに来なければ、鳴瀬さんが消えたって電話して、呼ぶつもりだったけど」

渡会がパソコンに詳しいからと、狩野夫人が彼を小部屋に連れ込んだことも思い出す。つまり、そこでじっくりこの芝居について説明し、黙って見ているように説得したわけか。

──美樹が佳音を階段に呼んで、相談をもちかけている間に。

「じゃあ、美樹の相談ってのは──」

「私が相談したのは本当。なにも、よりによって今日、相談しなくても良かったんだけど、内容的にちょうどいいかと思ってね」

美樹が自分を連れていったのは、一階で起きていることを見せないため。渡会が本当は外にいたり飛び出したりしていないことを、知られないためだ。

何を言えばいいのかわからなくなって、酸欠の金魚みたいに、ぱくぱくと口を開いたり閉じたりした。溺れるものは藁をもつかむという気分だった。

──藁はどこだ。どこにある。

「──俺が悪かった」

渡会が、まだ真っ赤な顔でぼそりと言った。

「俺がいつまでも、しゃっきりしないから。だからみんなにも、松尾にも、心配かけた。鳴瀬にも恥をかかせた。ごめん」

「や、ややや――」

恥なのか――これは恥か。いやたしかに恥ずかしい。航空中央音楽隊のメンバーがずらりとそろっている中での、この醜態。

「俺にもわかってるんだ。お前は、俺ではものたりないかもしれない。松尾みたいな二枚目じゃないし、どうせお前が言う通り『ゴリラ』だし」

渡会がちょっとふくれっ面をして、続けた。

「不器用だし、女あしらいはからきし下手だし、ファッションセンスもない」

――いやいやいや、誰もそこまで言ってないよ。

佳音はぶんぶんと首を横に振る。

「だけど俺は、ぜったいお前を裏切らない」

おおっ、と安藤が声を上げた。渡会は一瞬、ひるんだ様子を見せたが、意を決したように後を続けた。

「俺に『何か』は起きない。起きても、ぜったいお前のところに無事に戻る。約束する。

俺はお前の空気になりたい。一緒にいるのが当たり前で、いつまでも一緒にいられる空気になりたいんだ」

——意外と自分のことって見えないもんだよね。

自分のセリフが、ふいに耳によみがえる。そうなのだ。自分に関することほど、冷静には見られないものなのだ。

渡会から告白されて、どうして今まで自分が煮え切らない態度で迷い続けてきたのか、やっとわかった。

今まで通りの自分たちでいられなくなるのが、怖かったんだ。

「あらためて、言わせてくれ。——俺とつきあってくれないか」

これって職場恋愛じゃないかとか、職場のみんなの前で、大胆にもこんな告白しちゃっていいのかとか、そういう「大人としての一般常識」は、その時佳音の脳裏から吹き飛んでいた。

大丈夫、きっと大丈夫。

明日も、明後日も、きっと渡会は自分と一緒にいる。

一緒にいられない時でも、渡会は空気のように、きっと身近に感じられる。

渡会が差し出した手を、佳音はしっかりとつかんだ。

台風は去ったが、外はまだ、たまに小雨がぱらついている。

沖縄コンベンションセンターは、沖縄本島の西側、海に面した宜野湾市真志喜《ましき》に位置する、緑色の波うつ屋根を持つ建物だ。佳音は真っ先に、竜宮城を連想した。劇場棟、会議棟、展示棟の三つの部分から構成され、それぞれを採光のよい明るいパティオや、開放感のあるレストランなどでつなげている。

二日目の土曜、二回にわたるコンサートは、台風一過のコンベンションセンターで、無事に開催される予定だ。

第一部は、航空自衛隊航空中央音楽隊、陸上自衛隊中央音楽隊、海上自衛隊東京音楽隊の順に、陸海空それぞれが単独で演奏を行う。曲目は、航空中央音楽隊の『君が代』吹奏に始まり、デヴィッド・アーノルドの『インデペンデンス・デイ』、ダヴィデ・デレ・チエーゼ『イングレジーナ』、ヴェルディの歌劇『運命の力』序曲、伊藤康英『ピアノと吹奏楽のための《琉球幻想曲》』、井澗昌樹『額田王《ぬかたのおおきみ》の4つの歌』と続く。

第二部は、陸海空のそれぞれの音楽隊から選抜されたメンバーが、合同演奏を行う。

曲はユリウス・フチークの『フローレンティナー・マーチ』、ラヴェルのバレエ音楽『ダフニスとクロエ』第二組曲、そしてアンコールに用意しているのは、沖縄民謡と『バーナムとベイリーの人気者』というサーカスで使われたマーチだ。佳音は今回、第一部だけに出て、第二部には出演しない予定だった。

「椅子よし！　譜面台よし！」

張り切っているのは、会場設営などを手伝ってくれる、南西航空音楽隊の渡会たちだ。朝から、コンベンションセンター内を駆け回っている。昼の部はもうすぐ開場となり、チケットを持つ観客がつめかけるだろうから、ハイ・テンションにも磨きがかかっている。

「あいかわらずね、渡会君は」

狩野夫人が嫣然《えんぜん》と微笑んだ。

「まだ、昨日のお芝居の件、根に持っているの？」

夫人の言葉に、佳音は急いで首を横に振った。

「そんな。根に持ったりしませんって」

むしろ、おかげでやっと自分と渡会もふんぎりがついたのだから、おおいに感謝しなければいけないところだ。

「言っておくけど、これからがたいへんなのよ、鳴瀬さん。東京と沖縄、始まるのは超遠距離恋愛ですからね」

佳音はうなずいた。

――とはいえ、飛行機ならひとっ飛びだ。

「なんとかなります。今までと何も変わらないわけですし」

きっぱり答えると、夫人はちょっと身体を引いて、まじまじと佳音を見つめた。

「ずいぶん頼もしい返事ね。私もそう願うわ。渡会君には、鳴瀬さんのお守《も》りをしっかりとお願いしたいわね」

夫人こそ、あいかわらず口が悪い。そう思ったが、黙っていた。口が悪くて、心の中は温かい人だ。音楽隊に入ってから、今までどれだけ、夫人の存在に救われただろう。

夫人がちらりとパティオの向こうに視線を投げた。

「それじゃ、私はもう行かなくちゃ。あなたの演奏については、ぜんぜん心配してないわ。しっかりね！」

夫人が軽く佳音の肩をたたき、ウインクすると控室に立ち去った。

パティオから、松尾光がこちらに歩いてくるのが見えた。小さく手を振っている。彼は今日、「受付」と刺繡《ししゅう》された腕章を身につけていた。

「そろそろ出番ですね」

「そうだね」

あれから、松尾光とふたりきりで話をするのは初めてだった。何をどう言えばいいのかと戸惑い、短い沈黙が落ちた。

「報告しようと思って、来たんです」

松尾がにこっと笑い、ポケットから何か引っ張り出した。朱色の肌身守りが、松尾の指からぶら下がっている。ずいぶん古いもののようで、錦の糸にほつれも見られた。

「まさかこれ――」

佳音はハッとして、松尾を見直した。

「今朝、庁舎の玄関脇に落ちていたそうです。風で飛ばされて、どこかから出てきたんじゃないかって」

松尾はにこにこしている。

――しかし。

昨日の大嵐のあいだ、風雨にもみくちゃにされたわりには、お守りは濡れていないし、それほど汚れたようにも見えない。

まじまじと見つめている佳音に気づいたのか、松尾がくすりと笑った。

「どっちだと思います？　超常的な存在が台風から隠しておいてくれたのか、僕を想う誰かが、こっそり拾って大事に保管しておいてくれたのか」

「後者！　後者に決定！」

「もう、鳴瀬先輩ったら正直なんだから」

松尾が苦笑いしたので、佳音は、自分がわりあいひどいことをさらりと口走ったことに気づいた。なにしろ相手は、佳音と渡会をくっつけるために、恋心にふたをして身を引いてくれたらしいのだから。これではまるで、松尾に惹かれている女性が他にいることを、思いきり期待して、押しつけようとしているみたいではないか。

「あ、ひょっとして僕のこと、心配してくれてます？」

松尾がひょいと長身を折り、佳音の顔を覗きこんだ。アイドル顔負けの大きな茶色い目が、子犬のように佳音を見つめている。

「な、なななな！」

「いいんですよ、慌てなくても。でも実はね、僕が心配なのは、むしろ清水先輩のほうなんです。実は僕、清水先輩と共闘する約束をしていまして」

「きょ、共闘――？」

松尾の説明によれば、昨年の夏、佳音が沖縄から立川に戻った後、あまりにも渡会が意気消沈していたので、彼を元気づけるため競技会に送り込むなど、いろいろ協力して策を練ってきたそうだ。

「清水先輩はあの通り、渡会先輩にいちずなんですけど、とにかく渡会先輩が元気になってからアタックすればいいじゃないですかって、僕が説得したんですよね」

「そ、それじゃ――」

「今ごろ、どんなにがっかりしているかと思うと。今朝がた、『裏切者！』って責められた後、口をきいてもらえなくて」

　ハア、と松尾が、芝居がかった吐息をつく。

　昨日の顛末《てんまつ》は、あっという間に音楽隊の全員に広まったようだ。美樹や真弓クンたちが、「既成事実」を作ってしまおうと、すぐさま噂を流したらしい。そうでもしなければ、いつの間にかまた元通りの関係に戻ってしまいそうなふたりだし。

（いいわね、佳音！　これからあんたたちは、カップル！　カップルなのよ！）

　今朝も美樹が、佳音をつかまえて、真剣な顔でそう言っていた。そこまで言われなきゃいけない自分たちって、いったい何なんだ。

「絵里ちゃんには申し訳ないけど、それは松尾君のせいじゃないから。松尾君は気にすることないよ」

「うーん、まあ、そういえばそうなんですけど」

　松尾は再び肌身守りを持ち上げて、どことなく嬉しそうな表情になった。

「誰が保管してくれていたのかな、これ。音大の卒業旅行で、友達と行った広島の厳島神社のなんですよ。記念に大事にしてたんですけど」

「えっ」

「どうして鳴瀬さんが、そこで驚くんですか」

松尾がきょとんとしている。

――お母さんの形見じゃなかったのか。

元はと言えば、松尾の母親の形見だと思うなどと、清水絵里がいいかげんな情報を垂れ流したのが悪い。

「いや――なんかいま、罪悪感が薄れたわ」

「よくわかりませんが、それ僕の悪口じゃないですよね？　――拾ってくれたの、女性隊員の誰かだといいなあ。いっそ清水先輩とか、三枡《みます》さんや横山さんでも――」

松尾は若手の女性隊員の名前を並べ上げた。やっぱり、軽い男だ。

「それじゃ、そろそろ演奏会の準備に入ってくださいね！」

時計を見ると、松尾は片手を挙げて、フットワークも軽く駆けだしていった。

「――行ったか、松尾は」

いきなり後ろから声をかけられ、佳音はぎょっとして振り向いた。

「――よ、〈妖精さん〉？」

　橘高養正が、妙な表情をして、パティオの柱の陰からこちらの様子を窺っている。いたずら好きの〈妖精さん〉がこんな顔をするとは、何かとんでもないことをしでかしたのかも——。


「ど、どうしたんですか？」

「いや、松尾が立ち去るのを待ってたんだ」

「もういませんよ」

「良かった——例のお守り、何か言ってたか」

「ええと、特には——見つかって良かったって、喜んでましたけど」

　若い女性が保管してくれていたらいいな、などという煩悩にまみれた松尾のセリフについては、武士の情けで黙っておくべきだろう。

「——そうか」

　橘高がホッとしたようにうなずいた。

「いや、誰にも言わないでくれる？　鳴瀬ちゃん」

「えっ——言うなと言われれば、そりゃ」

「何を隠そうあのお守り、俺が隠してたのよ」

「ええっ」

佳音は目を剝いた。

——たぶんそれ、松尾君がいちばん聞きたくないセリフですけど。

「実は、転落しかけた騒ぎのすぐ後に、見つけてさ。あいつ、お前に似ておっちょこちょいだろ。しばらく隠しておいて、懲りさせようと思ったわけだよ」

「私に似ておっちょこちょいは、よけいです」

佳音の反論は、大笑いとともに聞き流された。

「だって本当なんだもん。それで、俺が隠し持ってたんだけどさ。なんでも、母親の形見だとか言うじゃない。だから、言い出せなくなっちまって」

「それで、台風の間はずっと隠してたと？」

「そうなのよ。で、今朝はやく、玄関脇の誰でも気づくようなところに、こっそり置いといたってわけ」

——なんてこと。

松尾が聞いたら、お守りが戻ってきたありがたみも半減しそうだ。

吹き出しそうになったが、思い直した。とりあえず、松尾のお守りは無事だったし。その松尾は、ひょっとすると自分に好意を持つ女性が他にいるかもしれないと期待を抱いているようだし、そしてその勘違いは、実はそれほど勘違いでもない。

誰かの善意が謎を呼ぶ。そんなことが連鎖するのも、音楽隊らしいのかも。

「謎は謎のままで残しておくのもいいですよね」

佳音が言うと、橘高がにんまりと笑みを浮かべた。

「よっ、たまにはいいこと言うね、鳴瀬ちゃん」

「たまには、はよけいです！」

佳音が言い返した時、楽屋裏に続く廊下のドアが開き、「おい！」と呼ばれた。渡会だった。

「もうすぐ出番だ、鳴瀬！　お前だけだぞ、まだ来てないの！」

〈妖精さん〉を振り返ると、「俺、第二部だけだもん」と赤い舌を出した。

──やられた。

「すぐ行きます！」

楽器を抱えて、楽屋に飛び込んでいく。渡会が進行表を見ながら合図している。開演まで十分ほど。佳音と視線が合うと、特に気負う様子もなく、ふだん通りにうなずいた。ちょっとだけ、ほんのちょっとだけ、頬に赤みが差したような気はしたけれども。

「わあ、もう満席ですよ！」

真弓クンが、カーテンの陰から熱気のこもる客席を覗いている。彼女のことだから、また軽く緊張して武者震いしているのだろう。

「ふだん通りにやれば大丈夫よ、真弓クン」

美樹がいつものように、姐さんぶって指導する。狩野夫人は、鏡の前で髪型の最終チェックに余念がない。

――これが私たちの日常、私たちの世界。

「そいじゃ、いっちょガツンと演奏しちゃいますか」

じきカーテンが開く。さざ波のように拍手が満ちていく。佳音らは楽器を手にして席につく。コンサートマスターの合図で音を合わせる。静寂の中、隊長の指揮棒がついと上がるのを待つ。

今日も、いい一日になりそうだ。

●あとがき

実は私、航空中央音楽隊の「追っかけ」してたんです⁉

福田《ふくだ》　和代《かずよ》

縁は異なもの、味なもの。

そんな言葉を、実感とともに噛みしめることって、そうそうないんですけども。

ものを書く仕事をしていると、時にそういう「ご縁」に巡り合います。

自衛隊についてほとんど何も知らなかった私が、ミサイル防衛をテーマに扱う小説を書くため、向う見ずにも航空自衛隊に突撃取材を申し込んだ日から、はや幾年。

ミサイル防衛の仕組みから始まり、二重離島と呼ばれる海栗島《うにしま》のレーダーサイトを取材したり、航空機動衛生隊の存在を知ったりと、少しずつ守備範囲を広げていきました。

やがて航空中央音楽隊について教わり、カノンのシリーズがこんなに長いあいだ続いたのは、ひとえに立川《たちかわ》の庁舎から各種のコンサートまで、快く取材者を迎え入れてくださった、音楽隊の皆さまのおかげです。特に、コンサート直前の緊張感が漂うなか、部外者にそのへんを歩き回られるのはご迷惑だったと思いますが、嫌な顔ひとつされず取材に答えてくださったプロ意識に感謝申し上げます。

武道館で開催される自衛隊音楽まつりをはじめ、航空中央音楽隊の演奏活動は大小さまざま、場所は全国各地にも（時には国外にも）及びます。

取材で撮影した写真を、確認してみましたところ――。

立川駐屯地にある本拠地で行われた競技会、ＣＤ録音、武道館で行われる音楽まつり、東京文化会館で開催された音楽隊五十周年記念コンサート、すみだトリフォニーホールの定期演奏会、このあたりまでは東京です。

埼玉県では入間《いるま》基地の航空祭で披露されたパレード演奏、浜松《はままつ》や沖縄、神戸《こうべ》でも開催された陸・海・空自衛隊の合同コンサート、沖縄の那覇《なは》基地の航空祭での演奏（南西航空音楽隊を取材）、青森県三沢《みさわ》基地の航空祭（北部航空音楽隊を取材）、長野県中野《なかの》市で開催されたふれあいコンサート、大阪城の野外音楽堂でのたそがれコンサート、茨城県では百里《ひゃくり》基地の航空観閲式でのパレード演奏――。

ちょっと待った、私、完全に音楽隊の「追っかけ」じゃん！

しかも、取材を言い訳に、全国各地を飛び回っているではないですか。もちろん、身銭を切って「追っかけ」していたのですが、いやはや楽しゅうございました（笑）。写真を見て、懐かしく当時を思い出しています。

そう言えば、沖縄の合同コンサート取材の日は、台風直撃に遭いまして。二日にわたるコンサートの、初日が中止になってしまったのでした。その体験も、小説のなかに生きています。小説には書く機会がありませんでしたが、神戸空港を発《た》った飛行機が、強風に煽《あお》られながら那覇空港の上空までたどりつき、やれやれ着いたと思ったのもつかの間、タッチアンドゴーで着陸やり直しとなった時には、このまま神戸まで戻ってしまったらどうしようかと、冷や汗をかきました。

小さなお子さんたちが何人か、激しい揺れに泣き叫んでいたのですが、本当に揺れが大きくなると、機内はむしろピーンと張り詰めた静寂に包まれ、「本気で怖いと、人間は無言になるんだ」と気づいたことも。

小説家にとっては、どんな些細なことも経験になるのです。

閑話休題。

現地取材を敢行した際には、なるべく実際に演奏された曲目を、小説に取り入れるようにいたしました。ですので、ユーチューブなどで航空中央音楽隊の動画を検索しますと、カノンのシリーズに登場する楽曲を、音楽隊の演奏で聴くことができるかもしれません。

たとえば、『薫風のカノン』に登場する『インデペンデンス・デイ』など、そのまま動画が残っているのです。「ルージュの伝言」でカノンたちが録音している曲は、ちゃんとCDになっています（『究極の吹奏楽～ジブリ編　Vol．2』）。

曲を聴きながら、小説の雰囲気にどっぷりと浸かれますので、もし良かったらぜひ、検索してみてくださいませ。

さらに音楽隊の雰囲気を味わうなら、生演奏を聴くのがいちばん。航空中央音楽隊のホームページには、コンサート情報が掲載されています。そちらもぜひ、チェックしてみてください。


♪


さて、ときどき作者が聞かれて、困る質問があります。

「鳴瀬《なるせ》佳音《かのん》のモデルはいますか？」

カノンに限らず、登場人物のモデルについて尋ねられると、けっこう弱ります（笑）。特に、ご本人から「これって自分がモデルですか」と聞かれると、どうしようかと冷や汗モノです（笑）。

キャラクターによっては、モデルがいる場合もありますが、ほとんどは、モデルなしです。カノンのモデルもいません。

しかしたとえば、『薫風のカノン』に登場する、お茶目な〈妖精さん〉のモデルはいます。

たとえモデルのいるキャラクターでも、ご本人とは似ても似つかない描写にしておりますので、そういう意味ではすべての登場人物にモデルはいません。

とはいえ——。

立川に行くと、鳴瀬佳音や渡会《わたらい》たちが、今でもひょっこり顔を出してくれるような気がします。カノンのシリーズの登場人物は、そのくらい自分のなかでくっきりと生きているようです。


♪


最後になりましたが、快く取材を受け入れてくださった航空中央音楽隊や、各方面音楽隊の皆さま、そして航空幕僚監部広報室の皆さま、たいへんお世話になりありがとうございました。

毎回、すばらしいイラストで表紙を飾って下さった小川麻衣子様のおかげで、カノンは生きたキャラクターとなりました。ありがとうございました。

そして、いつもカノンを応援してくださった読者の皆さま、書店員の皆さま。皆さんのおかげで、当シリーズは第三巻の大団円を迎えることができました。今後、スピンオフの形で彼らのその後を書く可能性もありますが、どうぞ温かい目で見守ってやってくださいね。

カノンのシリーズを読んで吹奏楽に目覚めた方が、いつか航空中央音楽隊に入隊されると素敵だな——という、ひそかな野望を抱きつつ、このあとがきを終わります（笑）。

それでは、またお目にかかりましょう！

本作品の執筆にあたり、航空自衛隊航空中央音楽隊、航空自衛隊南西航空音楽隊、航空自衛隊航空幕僚監部広報室の皆様に、多大な取材ご協力を頂きました。ここに改めて御礼申し上げます。

初出

サクソフォン協奏曲　「小説宝石」二〇一六年三月号

ルージュの伝言　「小説宝石」二〇一六年六月号

ゲット・イット・オン――室郁子の場合――　初刊時に書下ろし

空みあげて　「小説宝石」二〇一六年九月号

星に願いを――土肥諒子の場合――　初刊時に書下ろし

インデペンデンス・デイ　「小説宝石」二〇一六年一二月号

※この作品はフィクションです。

二〇一七年四月　光文社刊

光文社文庫

薫風《くんぷう》のカノン　航空《こうくう》自衛隊《じえいたい》航空《こうくう》中央《ちゅうおう》音楽隊《おんがくたい》ノート3

著者　福《ふく》田《だ》和《かず》代《よ》

2019年10月20日　初版1刷発行

発行者　鈴木広和
印　刷　萩原印刷
製　本　榎本製本

発行所　株式会社 光文社
〒112-8011　東京都文京区音羽1-16-6
電話(03)5395-8149　編集部
8116　書籍販売部
8125　業務部

ISBN978-4-334-77923-8　Printed in Japan

組版　萩原印刷